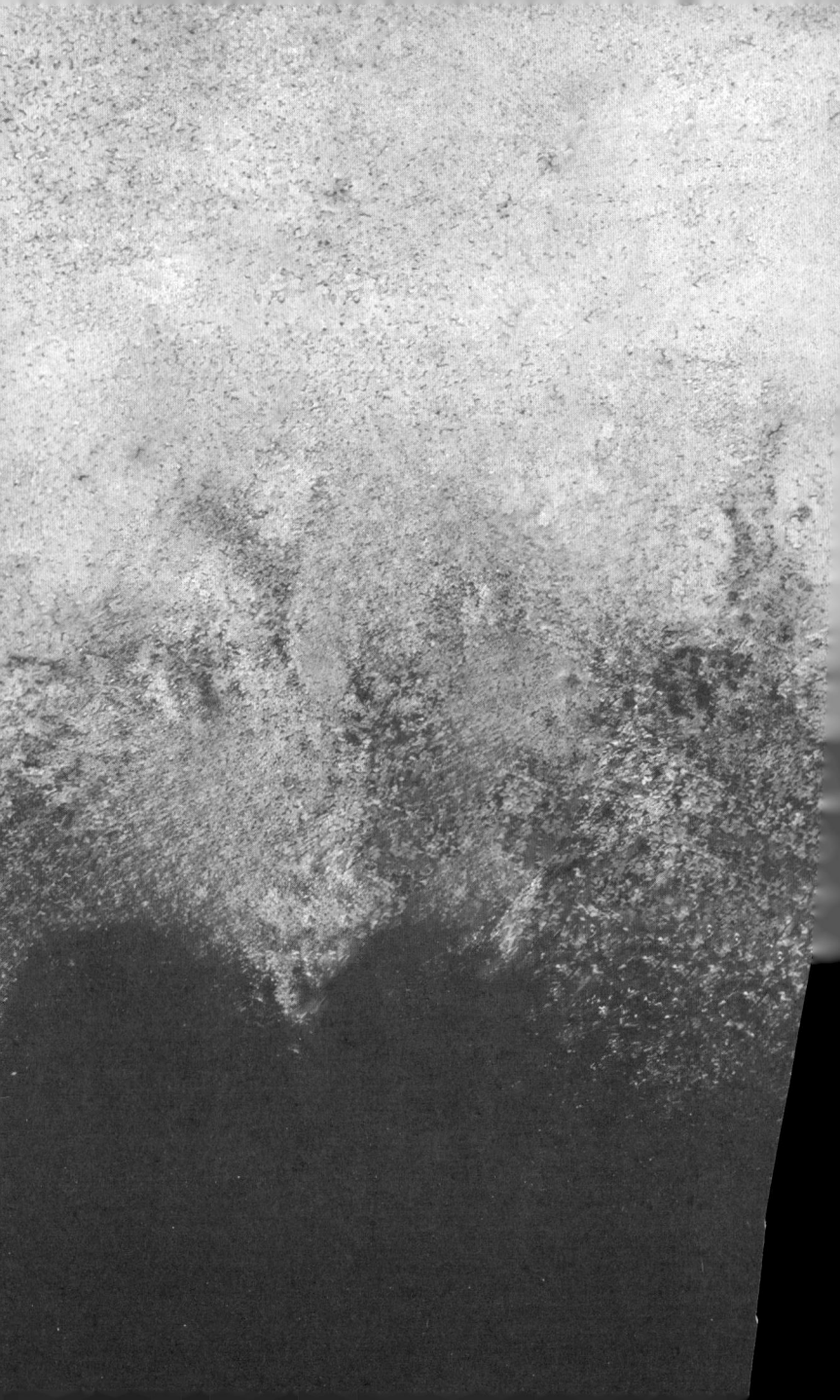

Claire Keegan

pequenas coisas como estas

/re.li.cá.rio/

tradução
Adriana Lisboa

Esta história é dedicada às mulheres e crianças que foram mandadas para as casas de mães e bebês e para as lavanderias de Madalena da Irlanda.

E a Mary McCay, professora.

"A República da Irlanda tem direito à lealdade de todos os irlandeses e irlandesas, a qual, por este meio, reivindica. Garante a República liberdade religiosa e civil, direitos iguais e oportunidades iguais a todos os seus cidadãos e declara sua determinação em buscar a felicidade e a prosperidade da nação inteira e de todas as suas partes, valorizando todos os filhos da nação igualmente."

Trecho da "Proclamação da República da Irlanda", 1916

1

Em outubro, havia árvores amarelas. Então os relógios recuaram uma hora e os longos ventos de novembro chegaram e sopraram, desnudando as árvores. Na cidade de New Ross, chaminés expeliam uma fumaça que ia se dissolvendo e se espalhando em fiapos peludos e compridos antes de se dispersar ao longo dos embarcadouros, e logo o rio Barrow, escuro feito cerveja preta, engrossou com a chuva.

As pessoas, em sua maioria, suportavam o tempo com tristeza: lojistas e comerciantes, homens e mulheres nos correios e na fila do desemprego, na mercearia, no café e no supermercado, no salão de bingo, nos bares e nos restaurantes baratos onde se vendia peixe com batatas fritas, todos comentavam, à sua maneira, o frio e a chuva que tinha caído, perguntando o que havia naquilo – e se poderia haver algo naquilo –, pois quem acreditaria que ali estava, mais uma vez, outro dia de frio intenso? As crianças puxavam os capuzes para cima antes de ir para a escola, enquanto suas mães, tão acostumadas a abaixar a cabeça e correr até o varal, ou quase sem ousar pendurar o que fosse, não tinham muita fé em conseguir secar nem mesmo uma camisa antes de escurecer. E então as noites chegavam e as geadas voltavam a cair, e lâminas de frio deslizavam por baixo das portas e cortavam os joelhos daqueles que ainda se ajoelhavam para rezar o rosário.

No pátio, Bill Furlong, o comerciante de carvão e madeira, esfregou as mãos, dizendo que, se as coisas continuassem como estavam, logo precisariam de um novo conjunto de pneus para o caminhão.

– O caminhão pega a estrada o dia inteiro – ele disse a seus homens. – Logo a gente vai acabar no aro.

E era verdade: mal um cliente saía do pátio, outro logo chegava, sem dar descanso, ou o telefone tocava – e quase todo mundo dizia querer a entrega agora ou logo, na próxima semana não daria.

Furlong vendia carvão, turfa, antracito, pó de carvão e toras. As encomendas eram de 100 quilos, meia centena ou tonelada completa, ou ainda a carga cheia do caminhão. Ele também vendia fardos de briquetes, gravetos e gás em botijão. O carvão era o trabalho mais difícil; ele devia, no inverno, ser recolhido mensalmente no cais. Dois dias inteiros – era o que os homens levavam para coletar, carregar, selecionar e pesar tudo, de volta ao pátio. Enquanto isso, os barqueiros poloneses e russos eram uma novidade circulando pela cidade, com seus gorros de pele e longos casacos abotoados, sem falar praticamente nenhuma palavra em inglês.

Durante períodos de maior movimento como esses, Furlong fazia a maior parte das entregas sozinho, deixando aos empregados a tarefa de embalar os próximos pedidos e cortar e dividir as cargas de árvores derrubadas que os fazendeiros traziam. Pela manhã, as serras e pás podiam ser ouvidas trabalhando duro, mas quando o sino do Ângelus tocava, ao meio-dia, os homens largavam suas ferramentas, lavavam a sujeira das mãos e iam até o Kehoe's, onde lhes serviam refeições quentes com sopa e, às sextas-feiras, peixe com batatas fritas.

– Saco vazio não para em pé – a sra. Kehoe gostava de dizer, postada atrás de seu novo balcão, fatiando a carne e servindo os legumes e o purê com suas compridas colheres de metal.

Os homens sentavam-se alegremente para descongelar os ossos e comer antes de fumar e enfrentar o frio lá fora outra vez.

2

Furlong tinha começado do zero. Menos do que zero, alguns diriam. Sua mãe engravidara aos 16 anos, enquanto trabalhava como doméstica para a sra. Wilson, a viúva protestante que morava no casarão a alguns quilômetros da cidade. Quando o problema se tornou conhecido e a família deixou claro que não queria ter mais nada a ver com ela, a sra. Wilson, em vez de demiti-la, disse-lhe que ela deveria ficar e continuar o trabalho. Na manhã em que Furlong nasceu, foi a sra. Wilson quem levou sua mãe ao hospital e os trouxe para casa. Era 1º de abril de 1946, Dia dos Bobos, e alguns diziam que o menino haveria de se tornar um bobo.

A maior parte da infância de Furlong foi passada num moisés na cozinha da sra. Wilson, e ele foi então preso no grande carrinho ao lado do guarda-louça, os compridos jarros azuis fora do seu alcance.

Suas memórias mais antigas eram de travessas, um fogão preto – quente! quente! – e um piso brilhante de ladrilhos quadrados em duas cores, sobre o qual ele engatinhou e mais tarde andou e mais tarde ainda aprendeu que o piso se assemelhava a um tabuleiro de damas, cujas peças ou saltavam sobre as outras ou eram tomadas.

À medida que ele crescia, a sra. Wilson, que não tinha filhos, colocou-o sob sua asa; dava-lhe pequenos trabalhos e o ajudava com o aprendizado da leitura. Ela possuía uma pequena biblioteca e não parecia se importar muito com os julgamentos que os outros faziam, mas levava com moderação sua própria vida, vivendo da pensão que recebia por conta da morte de seu marido na guerra e da renda que vinha de seu pequeno rebanho de bem cuidado gado Hereford e de ovelhas Cheviot. Ned, o ajudante da fazenda, também morava lá, e raramente havia muitos atritos no local ou com os vizinhos, pois a terra era bem cercada e administrada, e não se devia dinheiro algum. Tampouco havia muita tensão sobre crenças religiosas, tépidas de ambos os lados; aos domingos, a sra. Wilson simplesmente trocava o vestido e os sapatos, alfinetava seu melhor chapéu na cabeça e Ned a levava até a igreja no Ford, seguindo um pouco mais adiante, com mãe e filho, até a capela – e quando voltavam para casa, tanto os livros de orações quanto a bíblia ficavam largados no móvel da entrada até o próximo domingo ou dia santo.

Na escola, zombavam de Furlong e o xingavam de alguns nomes feios; certa vez, ele voltou para casa com as costas do casaco cobertas de cuspe, mas seu vínculo com o casarão lhe dera certa margem de manobra, bem como certa proteção. Ele foi então para a escola técnica por alguns anos antes de acabar no pátio de carvão, fazendo praticamente o mesmo trabalho que seus próprios homens agora faziam sob seu comando, e progrediu. Tinha tino para os negócios, era conhecido por se dar bem com as outras pessoas e era confiável, pois havia desenvolvido bons hábitos protestantes; costumava se levantar cedo e não gostava de beber.

Agora, ele morava na cidade com a esposa, Eileen, e suas cinco filhas. Conhecera Eileen enquanto ela trabalhava no escritório da Graves & Co. e a cortejara da maneira habitual, levando-a ao cinema e a longas caminhadas à margem do rio no fim da tarde. Ele se sentia atraído por seu cabelo preto brilhante e seus olhos de ardósia, e por sua mente ágil e sensata. Quando os dois ficaram noivos, a sra. Wilson deu a Furlong uns poucos milhares de libras, para que ele começasse a vida. Alguns diziam que ela lhe dera dinheiro porque um dos seus o havia gerado – afinal de contas, não o tinham batizado de William, como seus reis?

Mas Furlong nunca descobriu quem era seu pai. Sua mãe morreu subitamente, caída um dia sobre os paralelepípedos enquanto levava um carrinho de mão cheio de maçãs silvestres até a casa para fazer gelatina. Um sangramento no cérebro, foi o que declararam os médicos posteriormente. Furlong tinha 12 anos à época. Tempos depois, quando ele foi ao cartório obter uma cópia de sua certidão de nascimento, *Desconhecido* era tudo o que se encontrava escrito no espaço onde poderia estar o nome de seu pai. A boca do funcionário se curvou num sorriso feio ao entregar o documento a ele, por cima do balcão.

Mas Furlong não se sentia inclinado a remoer o passado; sua atenção estava voltada para o sustento de suas filhas, que tinham cabelos pretos como Eileen e tez clara. Já estavam se mostrando promissoras nas escolas. Kathleen, a mais velha, ia com ele aos sábados ao pequeno escritório pré-fabricado e, para ganhar uns trocados, ajudava na contabilidade, conseguia anotar o que havia entrado durante a semana e manter um registro da maioria das coisas. Joan também tinha a cabeça no lugar e recentemente entrara para o coral. Ambas estavam agora cursando o ginásio em St. Margaret's.

A filha do meio, Sheila, e a segunda mais nova, Grace, que nasceram com onze meses de diferença, sabiam recitar a tabuada de cor, fazer divisões longas e nomear os condados e rios da Irlanda, que às vezes eram traçados e coloridos com canetas hidrográficas na mesa da cozinha. Também mostravam aptidão para a música e estavam tendo aulas de acordeom no convento às terças-feiras, depois da escola.

Loretta, a caçula, embora tímida com as pessoas, ganhava estrelas douradas e prateadas em seus cadernos, lia tudo de Enid Blyton e ganhara um prêmio Texaco pelo desenho de uma gorda galinha azul patinando num lago congelado.

Ao ver as meninas fazendo as pequenas coisas que precisavam ser feitas – a genuflexão na capela ou o agradecimento a um lojista pelo troco –, Furlong às vezes sentia uma alegria profunda e particular pelo fato de aquelas crianças serem suas filhas.

– Não somos sortudos? – comentou com Eileen na cama, certa noite. – Há muitos por aí em situação ruim.

– Somos, com certeza.

– Não que tenhamos muita coisa – disse ele. – Mas ainda assim.

A mão de Eileen alisou devagar um vinco da colcha.

– Aconteceu alguma coisa?

Ele demorou um instante para responder.

– O menininho de Mick Sinnott estava outra vez na estrada, hoje, catando gravetos.

– Imagino que você tenha parado?

– Estava chovendo muito, não estava? Parei e ofereci uma carona, e dei a ele os trocados que tinha no bolso.

– Entendo.

– Parecia que eu tinha dado a ele umas cem libras.

– Você sabia que alguns procuram as dificuldades?

– Não é culpa do menino, com certeza.

– Sinnott estava trocando as pernas na cabine telefônica, terça-feira.

– Pobre sujeito – disse Furlong –, o que quer que o aflija.

– A bebida é o que o aflige. Se ele tivesse alguma consideração pelos filhos, não andaria por aí desse jeito. Sairia dessa situação.

– Talvez ele não seja capaz.

– Pode ser – ela estendeu a mão e suspirou, apagou a luz. – Alguém sempre tem que levar a pior.

Certas noites, Furlong ficava ali com Eileen, conversando sobre pequenas coisas como estas. Outras vezes, depois de um dia levantando peso ou se atrasando por causa de um furo e ficando ensopado na estrada, ele chegava em casa, comia até se fartar e caía na cama cedo, depois acordava à noite sentindo Eileen, profundamente adormecida, ao seu lado – e ali ficava com a cabeça girando em círculos, agitado, antes de finalmente ter que descer e colocar a chaleira no fogo para fazer o chá. De pé diante da janela, xícara na mão, olhava para as ruas e o que podia ver do rio, os pequenos detalhes dos acontecimentos: cachorros de rua em busca de restos de comida nas lixeiras; sacos de peixe com batatas fritas e latas vazias que o vento forte e a chuva rolavam e sopravam; retardatários dos bares, cambaleando para casa. Às vezes, esses homens cambaleantes cantavam um pouco. Outras vezes, Furlong ouvia um assobio agudo e quente, e risadas, o que o deixava tenso. Ele imaginava suas filhas encorpando e crescendo, ingressando naquele mundo de homens. Já tinha visto os olhos dos homens seguindo suas meninas. Mas alguma parte de sua mente estava tensa com frequência; ele não sabia dizer por quê.

Seria a coisa mais fácil do mundo perder tudo, Furlong sabia. Embora não se aventurasse muito longe, ele se virava – e tinha visto muitos desafortunados pela cidade e pelas estradas rurais. As filas do desemprego estavam ficando mais longas e havia homens por aí que não conseguiam pagar a conta da eletricidade, morando em casas geladas feito bunkers, dormindo de sobretudo. As mulheres, na primeira sexta-feira de cada mês, faziam fila junto aos correios com sacolas de compras, esperando para receber a pensão dos filhos. E mais para o interior, ele sabia de vacas que ficavam berrando para serem ordenhadas, porque o homem que cuidava delas havia se levantado de repente e tomado o barco para a Inglaterra. Certa vez, um homem de St. Mullins pegou uma carona até a cidade para pagar sua conta, dizendo que tinham precisado vender o jipe, já que não conseguiam pregar os olhos à noite sabendo o que deviam, e que o banco viria para cima deles. E certa manhã, Furlong viu um menino bebendo o leite da tigela do gato atrás da casa do padre.

Enquanto fazia as entregas, Furlong não se sentia inclinado a ouvir rádio, mas às vezes sintonizava nas notícias. Era 1985, e os jovens estavam emigrando, partindo para Londres e Boston, Nova York. Um novo aeroporto acabara de abrir em Knock – Haughey em pessoa havia ido cortar a fita. O Taoiseach havia assinado um acordo com Thatcher sobre o Norte, e os unionistas em Belfast estavam marchando com tambores, protestando contra o fato de Dublin ter voz ativa em seus assuntos. As multidões em Cork e Kerry diminuíam, mas ainda havia gente se reunindo nos santuários, na esperança de que uma das estátuas pudesse voltar a se mover.

Em New Ross, o estaleiro havia fechado, e a Albatros, a grande fábrica de fertilizantes do outro lado do rio, demitira muita gente. A Bennett's havia mandado embora onze funcionários, e a Graves & Co., onde Eileen trabalhava e que estava por ali desde sempre, tinha fechado as portas. O leiloeiro disse que os negócios iam de mal a pior, que ele poderia muito bem estar tentando vender gelo para os esquimós. E a srta. Kenny, a florista, cuja loja ficava perto do depósito de carvão, havia fechado a vitrine com tábuas; certo fim de tarde, pedira a um dos homens de Furlong que segurasse firme o compensado para ela, enquanto martelava os pregos.

Os tempos eram difíceis, mas Furlong se sentia ainda mais determinado a seguir em frente, evitar problemas, ficar na boa estima das pessoas e continuar provendo às suas filhas, vendo-as progredir e concluir seus estudos em St. Margaret's, a única boa escola para meninas da cidade.

3

O Natal estava chegando. Um belo abeto norueguês já tinha sido colocado na praça, ao lado da manjedoura, cujas figuras da natividade, naquele ano, haviam recebido nova pintura. Se alguns reclamavam porque José parecia colorido em excesso, com suas vestes vermelhas e roxas, a Virgem Maria foi recebida com aprovação geral, ajoelhada passivamente em seu costumeiro azul e branco. O burro marrom também parecia o mesmo, montando guarda sobre duas ovelhas adormecidas e o berço onde, na véspera de Natal, seria colocado o boneco do menino Jesus.

O costume era as pessoas se reunirem ali no primeiro domingo de dezembro, em frente à Câmara Municipal, depois de escurecer, para verem as luzes se acenderem. A tardinha se manteve seca, mas o frio era cortante, e Eileen fez as meninas fecharem seus anoraques e vestirem luvas. Quando chegaram ao centro da cidade, a banda de gaitas de fole e o coral natalino já haviam se reunido, e a sra. Kehoe tinha montado uma barraca para vender fatias de pão de mel e chocolate quente. Joan, que tinha ido na frente, distribuía folhas com as canções natalinas junto com outros membros do coro, enquanto as freiras circulavam, supervisionando e conversando com alguns dos pais mais abastados.

O frio aumentava se ficassem parados, então caminharam pelas ruas laterais por um tempo antes de se abrigarem na entrada recuada do Hanrahan's, onde Eileen parou para admirar um par de sapatos de verniz azul-marinho e uma bolsa combinando, e para conversar com os vizinhos e outras pessoas que ela raramente via e que vinham de mais longe, aproveitando para exibir e compartilhar as novidades que traziam.

Logo o alto-falante transmitiu um aviso convidando todos a se reunirem. O político, usando suas medalhas sobre um casaco da marca Crombie, saiu de um Mercedes e fez um breve discurso antes que acionassem um interruptor e acendessem as luzes. Como num passe de mágica, então, as ruas pareceram mudar e ganhar vida sob as longas fileiras de lâmpadas multicoloridas que balançavam agradavelmente ao vento acima das pessoas. Após suaves ondinhas de aplausos da multidão, a banda de gaitas de fole começou a tocar – mas ao ver o grande e gordo Papai Noel descendo a rua, Loretta recuou, ansiosa, e começou a chorar.

– Não tem perigo – Furlong lhe assegurou. – É um homem como eu, mas está fantasiado.

Enquanto outras crianças faziam fila para visitar o Papai Noel na gruta e pegar seus presentes, Loretta ficou firme, segurando a mão de Furlong.

– Não precisa ir se não quiser, *a leanbh* – Furlong disse a ela. – Fique aqui comigo.

Mas partia seu coração, mesmo assim, ver uma das suas filhas tão incomodada ante a visão do que outras crianças desejavam, e ele não pôde deixar de se perguntar se ela viria a ser corajosa o suficiente ou competente para o que o mundo reservava.

Naquela noite, quando chegaram em casa, Eileen disse que já tinha passado da hora de fazer o bolo de Natal. Bem-humorada, ela pegou sua receita da farinha Odlum e fez Furlong bater meio quilo de manteiga e açúcar na tigela de barro marrom com a batedeira manual, enquanto as meninas ralavam cascas de limão, pesavam e picavam cascas de fruta e cerejas cristalizadas, molhavam amêndoas inteiras em água fervida e retiravam a casca. Por cerca de uma hora, examinaram as frutas secas, arrancando talos de uvas, groselhas e passas enquanto Eileen peneirava a farinha e os temperos, batia ovos de galinha e untava e forrava a forma, envolvendo a parte externa com duas camadas de papel pardo e amarrando-o bem apertado com um barbante.

Furlong assumiu o comando do fogão Rayburn, colocando pequenas quantidades de antracito com a pá e girando o botão para manter o forno baixo e constante durante a noite.

Quando a mistura estava pronta, Eileen despejou-a na grande forma quadrada com a colher de pau, alisando-a por cima antes de dar algumas pancadas fortes na base a fim de preencher os cantos, rindo um pouco – mas assim que a mistura estava no forno com a porta fechada, ela avaliou o estado da cozinha e disse às meninas que arrumassem tudo para que ela pudesse começar a passar roupa.

– Por que vocês não escrevem suas cartas para o Papai Noel agora?

Era sempre a mesma coisa, pensou Furlong; prosseguiam mecanicamente, sem pausa, até a tarefa seguinte. Como seria a vida, ele se perguntou, se lhes fosse dado tempo para pensar e refletir sobre as coisas? Suas vidas seriam diferentes ou mais ou menos a mesma coisa – ou só perderiam o rumo? Mesmo enquanto ele batia a manteiga e o açúcar, sua mente não estava tanto no agora, naquele domingo que se aproximava do Natal, com sua esposa e filhas, mas no amanhã e em quem devia o quê, e em como e quando ele entregaria o que fora encomendado e a que empregado ele deixaria qual tarefa, e como e onde cobraria o que lhe era devido – e antes que o amanhã chegasse ao fim, ele sabia que sua mente já estaria trabalhando da mesma maneira, mais uma vez, no dia seguinte.

Agora, ele olhou para Eileen desenrolando o fio e ligando o ferro na tomada, e para suas filhas sentadas à mesa com seus cadernos e estojos a fim de escreverem as cartas – e relutantemente se viu lembrando da época em que era menino, em como tinha escrito, da melhor maneira que pôde, pedindo ou o seu pai ou então um quebra-cabeça de uma fazenda em 500 peças. Na manhã de Natal, quando desceu para a sala a qual a sra. Wilson ocasionalmente os deixava compartilharem, a lareira já estava acesa, e ele encontrou debaixo da árvore três pacotes embrulhados no mesmo papel verde: uma escova de unhas e uma barra de sabão estavam embrulhadas juntas num deles. O segundo era uma bolsa de água quente, presente de Ned. E da sra. Wilson ele ganhou *Um conto de Natal*, um livro velho de capa dura, vermelha, e sem figuras que cheirava a mofo.

Ele então foi lá para fora, para o estábulo, esconder sua decepção e chorar. Nem Papai Noel nem seu pai tinham vindo. E não havia quebra-cabeça. Pensou nas coisas que as crianças diziam sobre ele na escola, no nome pelo qual era chamado, e entendeu que esse era o motivo. Quando ergueu os olhos, a vaca, acorrentada à sua baia, puxava o feno da grade, satisfeita. Antes de voltar para casa, ele lavou o rosto no cocho dos cavalos, quebrando o gelo da superfície, enfiando as mãos bem fundo no frio e mantendo-as ali, para deslocar sua dor, até que não pudesse mais senti-la.

Onde estava seu pai agora? Às vezes ele se pegava olhando para homens mais velhos, tentando encontrar uma semelhança física, ou atento em busca de alguma pista nas coisas que as pessoas diziam. Certamente alguém dali sabia quem era seu pai – todo mundo tinha um pai –, e não parecia provável que jamais tivessem dito uma palavra a respeito em sua presença, pois ele sabia que as pessoas acabavam revelando nas conversas não apenas a si mesmas, mas também aquilo que sabiam.

Não muito tempo depois de se casar, Furlong decidiu perguntar à sra. Wilson se ela conhecia o pai dele, mas não conseguiu reunir coragem em nenhuma das noites em que saiu para visitá-la; para ela, poderia ter parecido falta de educação, depois de tudo o que fizera por eles. Coisa de um ano mais tarde, a sra. Wilson sofreu um derrame e foi internada. Quando ele foi vê-la, no domingo, ela havia perdido os movimentos do lado esquerdo e já não falava, mas o reconheceu e ergueu a mão boa. Ela estava parecendo uma criança, sentada na cama, olhando pela janela, uma camisola florida abotoada até o alto. Era uma tarde tempestuosa de abril; atrás das vidraças grandes e límpidas, uma nevasca de flores brancas era arrancada e soprada das cerejeiras despertas, e Furlong abriu levemente uma vidraça, pois ela nunca apreciara estar num cômodo fechado.

– O Papai Noel alguma vez apareceu para você, papai? – Sheila perguntou, agora, de modo sinistro.

Às vezes elas podiam ser como jovens bruxas, suas filhas, com seus cabelos pretos e olhos penetrantes. Era fácil entender por que as mulheres temiam os homens, com sua força física, lascívia e poderes sociais, mas as mulheres, com suas intuições astutas, eram muito mais profundas: podiam prever o que estava por vir muito antes de acontecer, sonhar com tais coisas durante a noite e ler a mente dos outros. Houve momentos, em seu casamento, em que ele quase sentiu medo de Eileen e invejou sua coragem, seus instintos ardentes.

– Papai? – disse Sheila.

– Papai Noel apareceu sim – disse Furlong. – Houve um ano em que ele me trouxe um quebra-cabeça de uma fazenda.

– Um quebra-cabeça? Só isso?

Furlong engoliu em seco.

– Termine sua carta, *a leanbh*.

Algumas pequenas discordâncias surgiram entre as meninas naquela noite, enquanto elas penavam para escolher quais presentes deveriam incluir na carta e o que poderia ser compartilhado entre elas. Eileen as orientava sobre o que era suficiente e o que era demais, enquanto Furlong era consultado sobre a ortografia.

Grace, que estava chegando naquela idade, achou estranho que o endereço não fosse mais longo.

– "Papai Noel, Polo Norte". Não é possível que seja só isso.

– Todo mundo por lá sabe onde o Papai Noel mora – disse Kathleen.

Furlong piscou para ela.

– Como saberemos se vão chegar a tempo? – Loretta olhou para o calendário do açougueiro, cuja última página de dezembro, com as fases da lua, esvoaçava ligeiramente na corrente de ar.

– Seu pai vai postar amanhã cedo – disse Eileen. – Tudo vai pelo correio expresso quando é para o Papai Noel.

Ela havia acabado de passar as camisas e blusas e estava começando as fronhas. Sempre cuidava das coisas mais difíceis primeiro.

– Liguem a tevê para a gente ver as notícias – disse ela. – Tenho a sensação de que Haughey vai dar um jeito de voltar.

Em algum momento, colocaram as cartas em envelopes, cujas bordas gomadas lamberam, e as dispuseram depois sobre a lareira, para o correio. Furlong olhou para as fotos emolduradas da família de Eileen lá em cima – a mãe e o pai dela e vários outros dos seus, e os pequenos enfeites que ela gostava de colecionar e que, de alguma forma, pareciam vagabundos para ele, tendo crescido numa casa com coisas mais sofisticadas e austeras. O fato de aquelas coisas não pertencerem a ele nunca pareceu ter importância, pois seu uso lhes fora dado de bom grado.

Embora o dia seguinte fosse dia de aula, naquela noite as meninas foram autorizadas a ficar acordadas até mais tarde. Sheila preparou uma jarra de suco Ribena enquanto Furlong se postou na porta do Rayburn, torrando comicamente, com o garfo comprido, fatias de pão de bicarbonato em que as meninas passavam manteiga e espalhavam Marmite ou creme de limão. Quando ele torrou demais a sua, mas comeu mesmo assim, dizendo que era sua culpa, pois ele não estava olhando e a deixou perto demais da chama, algo ficou entalado em sua garganta – como se talvez nunca mais outra noite assim viesse a existir.

O que o comovia agora, naquela noite de domingo? Mais uma vez, ele se viu pensando em seu tempo na casa dos Wilson, e concluiu que só tivera tempo demais para pensar e ficara sentimental por causa de todas as luzes coloridas e da música, e da visão de Joan cantando com o coro, e de como ela parecia pertencer àquele lugar, com todos os outros – e do cheiro do limão, que o levava de volta para junto de sua mãe na época do Natal, naquela bela e antiga cozinha; ela costumava colocar o que restava do limão numa das jarras azuis com açúcar para macerar e dissolver durante a noite e fazer limonada turva.

Em pouco tempo, ele voltou a si e concluiu que nada se repetia; cada um recebia dias e oportunidades que não voltariam. E como era bom estar onde se estava e deixar que isso de repente fizesse lembrar o passado, apesar do incômodo, em vez de sempre olhar para a mecânica dos dias e os problemas futuros, que podem nunca vir a acontecer.

Quando ergueu os olhos, eram quase 11 horas. Eileen notou seu olhar.

– Já passou e muito da hora de vocês irem para a cama, mocinhas – disse ela, recolocando o ferro sobre o tecido num silvo de vapor. – Subam, agora, e escovem os dentes. E não quero ouvir mais nem um pio até amanhã de manhã.

Furlong então se levantou e encheu a chaleira elétrica para preparar as bolsas de água quente. Quando a água começou a ferver, ele encheu as duas primeiras, empurrando o ar de cada uma para fora num pequeno chiado de borracha antes de torcer as tampas com força. Enquanto esperava que a chaleira fervesse outra vez, pensou na bolsa de água quente que Ned lhe dera todos aqueles Natais passados e em como, apesar de sua decepção, ele havia encontrado conforto naquele presente, todas as noites, por muito tempo; e em como, antes do Natal seguinte chegar, ele alcançara o fim de *Um conto de Natal*, pois a sra. Wilson o encorajara a usar o grande dicionário e procurar ali as palavras, dizendo que todos deveriam ter um vocabulário, palavra que ele não conseguiu encontrar até descobrir que a terceira letra não era um k. No ano seguinte, quando recebeu o primeiro prêmio em ortografia e ganhou um estojo de madeira cuja tampa deslizante funcionava como uma régua, a sra. Wilson fez um carinho no topo de sua cabeça e o elogiou, como se ele fosse um dos seus. "Tenha orgulho de si mesmo", ela disse a ele. E por um dia inteiro ou mais, Furlong saiu por aí sentindo-se 30 centímetros mais alto e acreditando, no fundo de seu coração, que era tão importante quanto qualquer outra criança.

Depois que as meninas foram para a cama e o resto da roupa passada foi dobrada e guardada, Eileen desligou a televisão e pegou dois copos de xerez no armário, enchendo-os com o Bristol Cream que tinha comprado para fazer o bolo. Suspirou, sentada diante do Rayburn, depois tirou os sapatos e soltou o cabelo.

– Seu dia foi longo – disse Furlong.

– Não importa – disse ela. – Já terminou. Não sei por que adiei tanto para fazer o bolo. Não encontrei com nenhuma mulher sequer esta noite que não tinha feito o seu.

– Se você não diminuir a velocidade, vai encontrar consigo mesma voltando, Eileen.

– Não mais do que você.

– Pelo menos tenho folga aos domingos.

– Você tem folga, mas será que tira folga, eu me pergunto.

Ela olhou de relance para a porta ao pé da escada e se levantou, como se pudesse sentir se as meninas estavam dormindo ou não.

– Elas já apagaram – disse. – Estenda a mão ali no alto, por favor, vamos ver o que tem nas cartas.

Furlong pegou os envelopes; juntos, abriram e leram o que havia ali.

– Não é bom vê-las demonstrando um pouco de boas maneiras, sem pedir mundos e fundos? – Eileen disse, depois de um tempo. – Alguma coisa devemos estar fazendo direito.

– Isso é principalmente obra sua – admitiu Furlong. – Eu passo o dia todo fora, chego direto para a mesa e a cama, e vou embora antes que elas se levantem.

– Não tem problema, Bill – disse Eileen. – Não devemos um centavo, e isso é graças a você.

– A ortografia delas está correta, mas e Loretta com seu Papai Noé?

Demorou para lerem tudo e decidirem, entre eles, o que deveria e o que não deveria ser comprado. No final, estenderam a lista ao máximo que tinham condições de pagar: um par de jeans para Kathleen, que andara assistindo ao anúncio da Levi's 501 na televisão; um álbum do Queen para Joan, que ficara grudada no show do Live Aid aquele verão e se apaixonara por Freddie Mercury. Sheila havia escrito a carta mais curta, pedindo claramente um jogo de Scrabble, sem oferecer alternativa. Decidiram-se por um globo giratório do mundo para Grace, que não tinha certeza do que queria, mas havia escrito uma longa lista. Loretta não tinha dúvida: se o Papai Noé fizesse o favor de trazer o livro *Five Go Down to the Sea*, ou então *Five Run Away Together*, de Enid Blyton, ou ambos, ela deixaria uma grande fatia de bolo para ele e esconderia outra atrás da televisão.

– Pronto – disse Eileen. – Eis aí outra tarefa quase cumprida. Vou pegar o ônibus para Waterford de manhã e fazer as compras enquanto elas estão na escola.

– Quer que eu te leve?

– Você sabe que não vai ter tempo, Bill – disse ela. – Amanhã é segunda-feira.

– Tem razão.

Ela abriu a porta do Rayburn, hesitando por um momento antes de jogar as cartas no fogo.

– Elas estão ficando fortes, Eileen.

– Você sabe que num piscar de olhos já terão se casado e ido embora.

– Não é assim que as coisas são?

– Os anos não ficam mais lentos conforme vão passando.

Ela verificou o termômetro do forno, cujo ponteiro tinha baixado bastante, até onde queria, e diminuiu um pouco mais.

– Então, você já decidiu o que vai me dar de Natal? – ela se iluminou.

– Ah, não se preocupe – disse Furlong. – Entendi o recado esta noite com aquelas suas olhadelas junto à Hanrahan's.

– Bem, é bom ver você prestando atenção e se adiantando – ela parecia muito satisfeita. – O que você gostaria de ganhar?

– Não há muita coisa de que eu precise – disse Furlong.

– Quer uma calça nova?

– Não sei – disse Furlong. – Um livro, talvez. Sou capaz de me recolher e ler um pouco no Natal.

Eileen tomou um gole de sua taça e lhe lançou um rápido olhar.

– Que tipo de livro?

– Um Walter Macken, talvez. Ou *David Copperfield*. Nunca cheguei a ler este.

– Certo.

– Ou um dicionário grande, para a casa, para as meninas.

Ele gostava da ideia de ter um dicionário em casa.

– Tem alguma coisa te preocupando, Bill? – seu dedo deslizou sobre a borda da taça, circulando-a. – Você estava a quilômetros de distância esta noite.

Furlong desviou os olhos, sentindo os instintos dela em ação novamente, o poder quente de seu olhar.

– Era na casa dos Wilson que você estava?

– Ah, eu só estava me lembrando de algumas coisas.

– Foi o que imaginei.

– Você não rememora as coisas, Eileen? Não se preocupa? Às vezes gostaria que minha cabeça fosse igual à sua.

– Se eu não me preocupo? – disse ela. – Noite passada sonhei que Kathleen tinha um dente podre que eu estava arrancando com o alicate. Quase caí da cama.

– Ah, todo mundo tem dessas noites.

– Acho que sim – disse ela. – Com o Natal chegando, e as despesas e tudo mais.

– Você acha que elas estão bem, as meninas?

– O que você quer dizer?

– Não sei – disse Furlong. – Fiquei pensando sobre Loretta não ter ido ver o Papai Noel esta noite.

– Ela ainda é muito nova – disse Eileen. – Dê tempo a ela. Vai se ajustar.

– Mas nós estamos bem, não?

– Em termos de dinheiro, você quer dizer? Não tivemos um bom ano? Ainda estou colocando uma coisinha no Credit Union toda semana. Devemos conseguir o empréstimo e instalar janelas novas na frente antes do fim do próximo ano. Estou cansada dessa corrente de ar.

– Não tenho certeza do que quero dizer, Eileen – Furlong suspirou. – Estou um pouco cansado esta noite, só isso. Não ligue.

Para que tudo aquilo?, Furlong se perguntou. O trabalho e a preocupação constantes. Levantar-se no escuro e ir para o pátio, fazer as entregas, uma após a outra, o dia inteiro, depois chegar em casa no escuro e tentar tirar do corpo a sujeira e sentar-se à mesa para jantar e adormecer antes de acordar no escuro para encontrar uma versão da mesma coisa, outra vez. Será que as coisas nunca mudariam ou se transformariam em algo diferente ou novo? Ultimamente, ele começara a se perguntar o que importava, além de Eileen e as meninas. Estava perto dos 40, mas não se sentia chegando a lugar nenhum ou fazendo qualquer tipo de progresso, e às vezes não tinha como deixar de se perguntar para que serviam os dias.

Do nada, ele se lembrou de um trabalho que fizera na fábrica de cogumelos certo verão, quando estava de folga da escola técnica. Em seu primeiro dia lá, fez o possível para acompanhar o ritmo, mas era lento em comparação aos outros na tarefa de cortar os cogumelos enfileirados. Quando chegou ao fim, estava suando; parou para olhar para trás, na fileira, até o ponto onde havia começado, e viu ali os novos cogumelos já começando a abrir caminho pelo composto outra vez – e seu coração encolheu, sabendo que a mesma coisa aconteceria novamente, dia após dia, durante todo o verão.

Por um minuto, ele sentiu uma necessidade forte e tola de falar sobre isso com Eileen, mas ela se animou e começou a compartilhar as notícias que trouxera da praça: o agente funerário de meia-idade que as pessoas diziam que nunca se casaria havia pedido em casamento uma jovem garçonete, que tinha metade de sua idade e trabalhava no hotel de Murphy Flood, em Enniscorthy; levou-a à cidade e comprou para ela o anel mais barato da bandeja no Forristal's. O filho do barbeiro, um jovem eletricista que ainda estava cumprindo pena, foi diagnosticado com algum tipo raro de câncer; deram-lhe não mais do que um ano para viver. Falava-se que haveria várias outras demissões na Albatros depois do Natal – e as pessoas disseram que o circo poderia vir à cidade no início do novo ano, que momento. A agente do correio dera à luz trigêmeos, todos meninos, mas isso era notícia velha. Ela também tinha ouvido dizer que o pessoal lá nos Wilson vendera todo o gado e não tinha mais do que alguns cachorros no local, que toda a terra estava arrendada e cultivada agora, e que Ned estava com um pouco de bronquite.

Quando a conversa se esgotou, Eileen estendeu a mão para o *Sunday Independent* e deu-lhe uma sacudida. Não pela primeira vez, Furlong sentiu que era má companhia para ela; raramente tornava uma longa noite mais curta. Será que ela já havia imaginado como seria sua vida se tivesse se casado com outro? Ele permaneceu sentado ali, sentindo-se até contente, ouvindo o tique-taque do relógio na lareira e o vento soprando sinistro na chaminé. A chuva voltara a cair, batia com força na vidraça e fazia a cortina se mexer. De dentro do fogão, ele ouviu um pedaço de antracito caindo sobre outro e colocou um pouco mais.

Em algum momento, a necessidade de dormir veio, mas ele se obrigou a continuar sentado, cochilando e acordando na cadeira, até que o ponteiro menor do relógio chegasse às 3 horas e uma agulha de tricô, metida fundo no coração do bolo de Natal, saísse limpa.

– Bem, até que deu certo – disse Eileen, satisfeita, e batizou-o com um uísque Baby Power.

4

Foi um dezembro de corvos. As pessoas nunca tinham visto nada igual àquilo, os corvos se reunindo em bandos pretos nos arredores da cidade e depois entrando, andando pelas ruas, inclinando a cabeça e se empoleirando, descaradamente, em qualquer posto de observação que lhes agradasse, procurando o que estivesse morto, ou mergulhando em rasantes afrontosos à cata de qualquer coisa que parecesse comestível ao longo das estradas, antes de se empoleirarem, à noite, nas velhas e imensas árvores ao redor do convento.

O convento era um lugar de aspecto imponente na colina do outro lado do rio, com portões pretos escancarados e uma série de janelas altas e brilhantes, voltadas para a cidade. Durante todo o ano, o jardim da frente era bem cuidado, com seus gramados aparados, arbustos ornamentais crescendo ordenadamente em fileiras, altas sebes podadas em ângulos retos. Às vezes, faziam ali fogueirinhas ao ar livre, e sua estranha fumaça esverdeada descia por cima do rio e atravessava a cidade, ou se afastava na direção de Waterford, dependendo de como o vento estivesse soprando. O tempo se tornara seco e mais frio, e as pessoas comentavam que o convento era uma visão e tanto, quase um cartão de Natal, com seus teixos e árvores perenes cobertos de gelo, e que os pássaros, por algum motivo, não haviam tocado numa única baga dos arbustos de azevinho ali; o velho jardineiro dissera isso ele mesmo.

As freiras do Bom Pastor, encarregadas do convento, mantinham ali uma escola técnica para meninas, proporcionando-lhes educação básica. Também administravam uma lavanderia. Pouco se sabia sobre a escola técnica, mas a lavanderia tinha boa reputação: restaurantes e pensões, a casa de repouso e o hospital e todos os padres e famílias abastadas mandavam sua roupa para lá. Os relatos eram de que tudo o que era enviado, fosse uma montanha de roupas de cama ou apenas uma dezena de lenços, voltava como novo.

Diziam outras coisas também sobre aquele lugar. Alguns contavam que as meninas da escola técnica, como eram conhecidas, não estudavam nada, que não eram moças de bom caráter, que passavam os dias sendo reformadas, fazendo penitência ao lavar as manchas da roupa suja, e que trabalhavam desde o amanhecer até a noite. A enfermeira local disse que havia sido chamada para tratar de uma garota de 15 anos com varizes por ficar tanto tempo parada diante do tanque. Outros alegavam que eram as próprias freiras que se matavam de trabalhar, tricotando suéteres e enfiando contas em rosários para exportação, que tinham corações de ouro e problemas nos olhos, e não tinham permissão para falar, apenas para rezar; que algumas não recebiam, como alimento, mais do que pão com manteiga durante metade do dia, mas tinham permissão para fazer um jantar quente à noite, uma vez terminado o trabalho. Outros juravam que o lugar não era nada mais do que uma daquelas casas de mães e bebês, aonde moças simples e solteiras iam para ficar escondidas após dar à luz, dizendo que sua própria família as colocara lá depois que seus filhos ilegítimos tinham sido adotados por estadunidenses ricos, ou enviados para a Austrália; que as freiras ganhavam um bom dinheiro encontrando um lugar para esses bebês no exterior; que era uma indústria o que mantinham.

Mas as pessoas diziam muitas coisas – e uma boa metade daquilo que diziam não merecia crédito; o que não faltava na cidade eram mentes vazias e línguas de trapo.

Furlong não gostava de acreditar em nada daquilo, mas foi certa noite até o convento com uma carga bem antes do prazo, e não encontrando sinal de ninguém na frente da casa, passou pelo depósito de carvão no canto da parede lateral e deslizou o ferrolho de uma porta pesada, que empurrou, deparando-se com um belo pomar cujas árvores estavam cheias de frutas: maçãs vermelhas e amarelas, peras. Seguiu, com a intenção de roubar uma pera sardenta, mas, assim que sua bota tocou a grama, um bando de gansos implacáveis correu atrás dele. Quando recuou, os gansos ficaram na ponta das patas e bateram as asas, esticando o pescoço em triunfo, e sibilaram para ele.

Seguiu até uma pequena capela iluminada, onde encontrou mais de uma dezena de moças e meninas de quatro, diante de antiquadas latas de polidor de lavanda e trapos, polindo o chão exaustivamente, em círculos. Assim que o viram, elas pareceram ter sido escaldadas – só por ele entrar perguntando pela irmã Carmel, e ela por acaso estava por ali? E nenhuma delas usava sapatos – andavam com meias pretas e uma espécie de horroroso vestido largo cinzento. Uma garota tinha uma feia inflamação no olho, e o cabelo de outra tinha sido cortado de forma grosseira, como se alguém cego tivesse metido a tesoura ali.

Foi esta quem veio até ele.

– Moço, não tem como nos ajudar?

Furlong sentiu-se recuando.

– É só me levar até o rio. É tudo o que precisa fazer.

Ela estava falando muito sério e o sotaque era de Dublin.

– Até o rio?

– Ou é só me deixar sair pelo portão.

– Não depende de mim, moça. Não posso te levar a lugar nenhum – Furlong disse, mostrando-lhe as mãos abertas e vazias.

– Me leve para casa com o senhor, então. Trabalho para o senhor até cair dura.

– Se eu não tivesse cinco filhas e uma esposa em casa.

– Bem, já eu não tenho ninguém, e tudo o que eu quero é me afogar. Será que não pode fazer nem mesmo isso por nós?

De repente, ela caiu de joelhos e começou a polir – e Furlong viu, ao se virar, uma freira parada no confessionário.

– Irmã – disse Furlong.

– Posso ajudar?

– Eu só estava procurando a irmã Carmel.

– Ela foi para St. Margaret's – disse ela. – Talvez eu possa ajudar.

– Tenho um carregamento de toras e carvão para vocês, Irmã.

Assim que ela percebeu quem ele era, mudou.

– Era o senhor que estava no gramado, incomodando os gansos?

Sentindo-se estranhamente repreendido, Furlong tirou a garota da cabeça e seguiu a freira até a frente, onde ela leu o resumo do pedido e inspecionou a carga para ter certeza de que estava correta. Deixou-o então, voltando pela entrada lateral, enquanto ele colocava o carvão e a lenha no galpão; regressou em seguida pela porta da frente para pagar. Ele ficou observando-a enquanto ela contava as notas; ela o fazia pensar num cavalinho forte e mimado que por tempo demasiado tivera autorização para se comportar como bem entendesse. A necessidade de dizer algo sobre a garota cresceu, mas desapareceu, e no fim ele simplesmente fez o recibo que ela pediu e o entregou.

Assim que entrou no caminhão, ele fechou a porta e partiu. Mais adiante, na estrada, percebeu que não havia dobrado na entrada que deveria e estava indo na direção errada, à toda; teve que dizer a si mesmo para se acalmar e ir mais devagar. Não parava de imaginar as garotas de joelhos, polindo o chão, e o estado em que se encontravam. O que lhe chamou a atenção também foi o fato de que, ao seguir a freira voltando da capela, notou um cadeado do lado de dentro da porta que levava do pomar até a frente, e que no topo do muro alto que separava o convento de St. Margaret's, ali ao lado, havia cacos de vidro. E que a freira havia trancado a porta da frente com a chave, depois de entrar, saindo apenas para lhe pagar.

Uma neblina caía, pairando em longas camadas e borrões, e não havia espaço na estrada sinuosa para fazer a volta, então Furlong virou à direita numa estrada secundária e, mais adiante, virou novamente à direita em outra estrada, que ficou ainda mais estreita. Depois de fazer outra curva e passar por um celeiro pelo qual não tinha certeza de já não ter passado, encontrou um bode solto arrastando uma corda curta e se deparou com um velho de colete e facão, cortando um monte de cardos mortos na beira da estrada.

Furlong parou e deu boa tarde ao homem.

– O senhor poderia me dizer onde esta estrada vai dar?

– Esta estrada? – o homem soltou o facão, apoiou-se no cabo e olhou para ele. – Esta estrada vai dar onde você quiser, filho.

Aquela noite, na cama, Furlong pensou em não contar a Eileen nada do que havia testemunhado no convento, mas, quando lhe contou, ela se sentou rígida na cama e disse que essas coisas não tinham nada a ver com eles, e que não havia nada que pudessem fazer, e que aquelas garotas ali no andar de cima precisavam de fogo para se aquecer, como todo mundo. E as freiras pagavam sempre o que era devido e sem atraso, ao contrário de tantos que penduravam tudo até você ter que apertá-los, e dali viria encrenca.

Foi um longo discurso.

– O que você sabe? – perguntou Furlong.

– Nada, só o que estou dizendo a você – ela respondeu. – E, de todo modo, o que essas coisas têm a ver conosco? As nossas meninas não estão bem, e cuidadas?

– Nossas meninas? – disse Furlong. – O que isso tem a ver com elas?

– Nada – disse ela. – Qual a nossa responsabilidade?

– Bem, não pensei que fôssemos responsáveis por nada, mas te ouvindo falar agora já não tenho tanta certeza.

– E aonde você quer chegar pensando? – disse ela. – Ficar pensando só deixa a gente para baixo – ela estava mexendo nos pequenos botões perolados da camisola, agitada. – Se quiser subir na vida, há coisas que deve ignorar para poder seguir em frente.

– Não estou discordando de você, Eileen.

– Concorde ou discorde. Você só tem o coração mole, só isso. Dar todos os trocados que tem no bolso e...

– O que está te incomodando hoje à noite?

– Nada, só que você não percebe. Não passou por dificuldades quando foi criado.

– Quais dificuldades, exatamente?

– Bem, há garotas por aí que se metem em encrenca, isso você sabe.

Era um golpe baixo, mas o primeiro que recebia dela em todos os seus anos juntos. Algo pequeno e duro se alojou em sua garganta, e ele tentou expressá-lo ou engoli-lo, mas se sentiu incapaz. No final, não conseguia nem engolir nem encontrar palavras para aliviar o que havia surgido entre eles.

– Não me caberia dizer isso a você, Bill – Eileen amansou. – Mas basta cuidar do que já temos por aqui e ficar na boa estima das pessoas e seguir adiante; assim, nenhuma das nossas filhas jamais terá que suportar o que aquelas garotas enfrentam. Elas foram colocadas lá porque não tinham uma alma neste mundo para cuidar delas. Tudo o que as suas famílias fizeram foi criá-las soltas, e então, quando se meteram em encrenca, viraram as costas. Só quem não tem filhas pode se dar ao luxo de não tomar cuidado.

– Mas e se fosse uma das nossas? – disse Furlong.

– É exatamente isso que estou dizendo – disse ela, levantando-se de novo. – *Não é uma das nossas.*

– Que bom que a sra. Wilson não compartilhava das suas ideias, não é? – Furlong olhou para ela. – Para onde minha mãe teria ido? Onde eu estaria agora?

– As preocupações da sra. Wilson eram muito diferentes das nossas, não? – disse Eileen. – Sentada naquele casarão com sua pensão e uma fazenda e sua mãe e Ned trabalhando para ela. Era uma das poucas mulheres nesta terra que podia fazer o que quisesse, não?

5

Na semana do Natal, a previsão era de neve. Sabendo que o pátio ficaria fechado por cerca de dez dias, as pessoas entravam em pânico e telefonavam com pedidos de última hora; quando por fim eram atendidas, reclamavam que não haviam conseguido falar antes. Além disso, o último carregamento do ano estava atrasado e deveria ser apanhado no cais. Furlong deixou Kathleen, que estava de férias da escola, encarregada do escritório enquanto ele fazia as entregas fora da cidade, cobrando o máximo que podia do que era devido. Quando voltou, na hora do almoço, Kathleen tinha as cargas seguintes organizadas e os recibos prontos, de modo que haveria apenas um pequeno atraso enquanto ele comia qualquer coisa antes de ir fazer novas entregas.

No sábado, quando ele voltou da ronda matinal, Kathleen parecia enfastiada, mas agora tinham chegado ao último lote de pedidos. Ela lhe entregou as notas, dizendo que um pedido grande tinha acabado de chegar do convento.

– Vou lá fora dizer a eles para aprontá-lo antes do anoitecer – disse Furlong. – Entrego pessoalmente de manhã.

– Amanhã é domingo, papai.

– Que escolha eu tenho? Estamos mais do que cheios na segunda-feira, e depois teremos só a metade do dia na véspera de Natal.

Não se preocupou em almoçar; apenas engoliu uma xícara de chá com um punhado de biscoitos, sentindo a urgência de voltar a sair, mas parou para se esquentar um minuto no aquecedor a gás. O aquecedor do caminhão estava falhando e suas pernas e pés estavam frios.

– Está quente o bastante aqui para você, Kathleen?

Ela estava separando as faturas, mas parecia não conseguir encontrar um espaço onde colocá-las.

– Estou bem, papai.

– Você está bem?

– Estou ótima – disse ela.

– Algum daqueles homens andou dizendo bobagens para você enquanto eu estava fora?

– Não.

– Se disserem, você tem que me contar.

– Não tem nada desse tipo, papai. Honestamente.

– Jura por Deus?

– Juro por Deus.

– O que é, então?

Ela se virou e enrijeceu, os papéis na mão.

– Qual é o problema, *a leanbh*?

Ela empurrou a cópia do pedido do convento para baixo, na haste.

– Só quero sair com minhas amigas para ir às lojas agora, antes que fechem, e ver as luzes e experimentar jeans, mas a mamãe ligou mais cedo e disse que tenho que ir com ela ao dentista.

Na manhã seguinte, quando Furlong acordou e abriu a cortina, o céu parecia estranho e fechado, com algumas estrelas fracas. Na rua, um cachorro lambia alguma coisa de uma lata, empurrando-a ruidosamente com o focinho pela calçada congelada. Os corvos já estavam lá fora, esvoaçando e soltando grasnidos curtos e roucos e *caaas* longos e fluentes, como se achassem o mundo mais ou menos repreensível. Um deles estava parado rasgando uma embalagem de pizza, segurando o papelão com a pata e bicando, desconfiado, o que havia ali, antes de bater as asas e sair voando rapidamente com um pedaço de massa no bico. Alguns dos outros pareciam elegantes, andando com passos largos, inspecionando o chão e seus arredores com as asas fechadas, lembrando Furlong do jovem pároco que gostava de caminhar pela cidade com as mãos às costas.

Eileen estava dormindo profundamente, e por um tempo ele ficou observando seu sono, sentindo necessidade dela, deixando seu olhar vagar sobre seu ombro nu, suas mãos abertas e adormecidas, o preto-
-fuligem de seu cabelo contra a fronha. A vontade de ficar, de estender a mão e tocá-la era profunda, mas ele pegou a camisa e a calça da cadeira e se vestiu no escuro, sem que ela acordasse.

Antes de descer, foi ver como estava Kathleen, que dormia depois de arrancar um dente. Ao lado dela, Joan se mexeu um pouco, virou-se e soltou um suspiro. Na cama mais afastada, Loretta estava bem desperta.

Furlong sentiu, mais do que viu, seus olhos brilhando através da penumbra.

– Você está bem, docinho? – Furlong sussurrou.

– Sim, papai.

– Tenho que sair agora. Não vou demorar.

– Você tem que ir?

– Vou estar de volta em meia hora, filha. Volte a dormir.

Na cozinha, ele não se deu ao trabalho de lidar com a chaleira ou o chá, só passou manteiga num pedaço de pão, que comeu na mão antes de ir para o pátio.

Lá fora, as ruas estavam escorregadias de gelo e suas botas faziam um ruído estranhamente alto na calçada, sendo tão cedo num domingo. Quando ele chegou ao portão do pátio e encontrou o cadeado coberto de gelo, sentiu a extenuação de estar vivo e desejou ter ficado na cama, mas forçou-se a seguir em frente e foi até uma casa vizinha, cuja luz estava acesa.

Quando bateu de leve na porta, não foi a dona da casa quem atendeu, mas uma moça mais jovem de camisola comprida e xale. Seus cabelos, que não eram nem castanhos nem ruivos, mas cor de canela, chegavam quase até a cintura e seus pés estavam descalços.

Atrás dela, um fogão a gás lançava anéis de fogo sob uma chaleira e uma panela, e três crianças pequenas que ele reconheceu estavam sentadas ao redor da mesa com livros para colorir e um saco de passas. A cozinha tinha o cheiro agradável de algo familiar que ele não conseguia nomear nem situar.

– Desculpe incomodar – disse Furlong. – Venho do outro lado da rua, estou tentando entrar no pátio, mas o cadeado congelou.

– Não é incômodo – disse ela. – É a chaleira que você quer?

Pelo sotaque, ela parecia ser do Oeste.

– Sim – disse Furlong. – Se você não se importar.

Ela levantou o cabelo por cima do ombro e Furlong viu uma impressão, não intencional, de seu seio, solto, debaixo do algodão.

– A chaleira está fervendo. Tome – disse ela, estendendo a mão para pegá-la. – Não quer levar com você?

– Você certamente vai querer isso para o seu chá.

– Leve com você – ela disse. – Não sabe que dá azar recusar água a um homem?

Quando ele soltou o cadeado e voltou e bateu e chamou baixinho e a ouviu dizendo para entrar e empurrou a porta, uma vela estava acesa na mesa e ela despejava leite quente em tigelas de cereal Weetabix para as crianças.

    Ele ficou por um momento absorvendo a paz daquele aposento simples, deixando uma parte de sua mente vagar e imaginar como seria viver ali, naquela casa, com ela como esposa. Ultimamente, andava inclinado a imaginar outra vida, em outro lugar, e se perguntava se isso não estava em seu sangue; seu próprio pai não poderia ter sido um daqueles que se levantaram de repente e tomaram o barco para a Inglaterra? Parecia apropriado e ao mesmo tempo profundamente injusto que uma parte tão grande da vida fosse deixada ao acaso.

    – Conseguiu? – ela perguntou, pegando a chaleira.

    – Sim – disse Furlong, sentindo o frio da mão dela ao entregá-la. – Muito obrigado.

    – Quer tomar uma xícara de chá?

    – Não há nada que eu queira mais – disse ele –, mas o trabalho está me esperando.

    – Não vai demorar mais do que alguns minutos para ferver de novo.

— Já estou quase atrasado, mas vou pedir a um dos homens que deixe um saco de lenha para você.
— Ah, não precisa.
— Feliz Natal — disse ele, e virou as costas.
— O mesmo para você — ela exclamou, enquanto ele saía.

Assim que apoiou nos blocos os portões abertos, Furlong voltou a si e ao que viria a seguir. Sentia-se ansioso com relação ao caminhão, mas, quando girou a chave na ignição, o motor ligou; ele soltou um suspiro que não havia percebido que estava segurando e deixou o motor ligado. Na noite anterior, havia verificado a carga para ter certeza de que correspondia ao pedido, mas agora se viu verificando outra vez. Olhou também para o pátio, a fim de ver se estava bem varrido, e para as balanças, a fim de ver se nada havia sido deixado ali de ontem para hoje, embora tivesse feito essas coisas, tinha certeza, antes de trancar tudo na véspera. Não havia nada de que precisasse no escritório pré-fabricado, mas abriu a porta e acendeu a luz e examinou tudo: as pilhas de papéis, as listas telefônicas e pastas, os recibos de entrega e cópias das faturas espetadas nas hastes. Enquanto escrevia um bilhete dizendo que um saco de lenha deveria ser entregue na casa do outro lado da rua, o telefone tocou. Ele ficou olhando-o tocar até que parasse, e então esperou um minuto ou dois para ver se tocaria novamente. Quando terminou de escrever o bilhete, saiu e trancou a porta.

Ao dirigir até o convento, o reflexo dos faróis de Furlong atravessava as vidraças e era como se ele encontrasse a si mesmo ali. O mais silenciosamente que pôde, passou pela porta da frente e deu ré na lateral, até o galpão de carvão, desligando o motor. Desceu sonolento do caminhão e olhou por cima dos teixos e sebes, a gruta com sua estátua de Nossa Senhora, cujos olhos estavam baixos como se ela estivesse decepcionada com as flores artificiais a seus pés, e o gelo brilhando em lugares onde caíam bocados de luz das janelas altas.

Tudo era tão calmo por ali, mas por que nunca pacífico? O dia ainda não havia raiado, e Furlong olhou para o rio escuro e brilhante cuja superfície refletia partes iguais da cidade iluminada. Tantas coisas tinham um jeito de parecer melhores quando não estavam tão próximas. Ele não sabia dizer o que preferia: a vista da cidade ou seu reflexo na água. Em algum lugar, vozes cantavam "Adeste Fideles". Muito provavelmente eram as internas de St. Margaret's, ao lado – mas certamente aquelas meninas tinham ido para casa? Dali a dois dias era véspera de Natal. Deviam ser as garotas da escola técnica. Ou as próprias freiras, ensaiando antes da missa matinal? Por algum tempo, ele ficou ouvindo e olhando para a cidade lá embaixo, para a fumaça que subia das chaminés e as pequenas estrelas minguantes no céu. Uma das mais brilhantes caiu enquanto ele estava parado ali, deixando um rastro como uma marca de giz num quadro por um breve segundo antes de desaparecer. Outra pareceu se apagar e desaparecer lentamente.

Quando baixou a rampa traseira e foi abrir a porta do depósito de carvão, o ferrolho estava duro de gelo e ele teve que se perguntar se não havia se tornado um homem confinado às portas; não era verdade que passava a maior parte do seu tempo parado diante de uma ou de outra, esperando que fosse aberta? Assim que ele forçou o ferrolho, sentiu que havia algo lá dentro, mas já encontrara muitos cachorros em depósitos de carvão, sem um lugar decente onde se deitar. Não conseguia ver direito e foi obrigado a voltar ao caminhão a fim de buscar a lanterna. Quando iluminou o que estava lá, ele julgou, pelo que se encontrava no chão, que a garota lá dentro havia passado mais do que a noite ali.

– Cristo – ele disse.

A única coisa que pensou em fazer foi tirar o casaco. Quando o fez e foi colocá-lo em torno dela, ela se encolheu.

– Está tudo bem – explicou Furlong. – Acabei de chegar com o carvão, *leanbh*.

Indiscreto, ele novamente iluminou o chão, os excrementos que ela tivera que fazer.

– Que Deus te guarde, menina – disse ele. – Venha, vamos sair daqui.

Quando ele conseguiu tirá-la de lá e viu o que estava diante dele – uma garota que mal conseguia ficar de pé, com o cabelo cortado grosseiramente –, a parte ordinária que havia nele desejou nunca ter chegado perto daquele lugar.

– Está tudo bem – disse ele. – Apoie-se em mim, está bem?

A garota não parecia querer que ele se aproximasse, mas ele conseguiu levá-la até o caminhão, onde ela se apoiou, no calor do capô, e olhou para as luzes da cidade e o rio, depois para mais longe, como ele havia feito, para o céu.

– Estou fora, agora – ela conseguiu dizer depois de um tempo.

– Sim.

Furlong puxou o casaco um pouco ao redor dela. Dessa vez, ela não pareceu se importar.

– É de noite ou de dia?

– É de manhã cedo – explicou Furlong. – Logo vai haver luz.

– E aquele é o Barrow?

– Sim – disse Furlong. – Tem salmão e uma correnteza forte lá.

Por um momento, ele não teve certeza de que ela não era a mesma garota que tinha visto na capela aquele dia em que os gansos grasnaram para ele – mas era uma garota diferente. Ele apontou a lanterna para os pés dela, viu as unhas compridas, pretas de carvão, depois apagou-a.

– Por que é que você foi deixada ali?

Como ela não respondeu, ele sentiu algo do que ela devia estar sentindo e procurou em vão palavras reconfortantes para dizer. Depois de um tempo, durante o qual algumas folhas congeladas flutuaram sobre o cascalho, ele se controlou e a ajudou a ir até a porta da frente. Mesmo que uma parte sua se perguntasse o que estava fazendo, ele continuou, como era seu hábito, mas notou a própria expectativa ao tocar a campainha e recuou ao ouvi-la soar lá dentro.

Não demorou muito e a porta se abriu; uma jovem freira olhou lá para fora.

– Oh! – Ela soltou um gritinho e rapidamente fechou a porta.

A garota ao lado dele não disse nada, mas ficou olhando para a porta, como se pudesse abrir um buraco ali com os olhos.

– O que está acontecendo aqui, afinal de contas? – perguntou Furlong.

Como a garota mais uma vez não disse nada, ele novamente procurou em vão algo para dizer.

Por um bom tempo esperaram ali, no frio, no degrau da frente. Ele poderia tê-la levado consigo, ele sabia, e considerou levá-la para a casa do padre ou para casa com ele – mas ela era uma coisinha tão pequena e fechada, e mais uma vez a parte comum dele só queria se livrar daquilo e voltar para casa.

Ele estendeu de novo a mão e apertou a campainha.

– Você poderia perguntar a elas sobre o meu bebê?
– O quê?
– Ele deve estar com fome – disse ela. – E quem está alimentando ele agora?
– Você tem um filho?
– Ele tem 14 semanas de idade. Elas o levaram de mim, mas pode ser que me deixem alimentá-lo de novo, se ele estiver aqui. Não sei onde ele está.

Furlong começou a pensar novamente no que fazer quando a Madre Superiora, uma mulher alta que ele reconheceu da capela, mas com quem raramente lidava, escancarou a porta.

– Senhor Furlong – disse ela, sorrindo. – Que bom que veio e gastou seu tempo conosco tão cedo numa manhã de domingo.

– Madre – disse Furlong. – É cedo, eu sei.

– Sinto muito pelo que você encontrou – disse ela, antes de se virar para a garota. – Onde você estava? – seu tom mudou. – Não demoramos muito para descobrir que você não estava em sua cama. Estávamos prestes a chamar os Gardaí.

– Esta garota ficou trancada no seu galpão a noite toda – Furlong disse a ela. – Sabe-se lá por quem e qual motivo.

– Que Deus te guarde, menina. Entre, suba e tome um banho quente. Você vai morrer desse jeito. Essa pobre garota às vezes não consegue distinguir a noite do dia. Realmente não sei como vamos cuidar dela.

A garota estava numa espécie de transe e começou a tremer.

– Entre – a Madre Superiora disse a ele. – Vamos fazer um chá. Isso tudo é terrível.

– Ah, não vou não – Furlong deu um passo para trás, como se o degrau pudesse levá-lo de volta ao momento anterior.

– Você tem que entrar – ela disse. – Não aceito desculpas.

– Tenho um pouco de pressa, Madre. Ainda não fui para casa me trocar para a missa.

– Então você vai entrar até que a pressa vá embora. Ainda é cedo, e haverá mais de uma missa sendo celebrada hoje.

Furlong se viu tirando o gorro e prosseguindo, como lhe foi dito, ajudando a menina pelo vestíbulo e até a cozinha dos fundos, onde duas garotas estavam descascando rutabagas e lavando cabeças de repolho numa pia. A jovem freira que atendera a porta estava parada em frente a um imenso fogão preto, mexendo alguma coisa, e havia uma chaleira fervendo. Todo aquele lugar e tudo nele estava brilhando, imaculado: em algumas das panelas penduradas, Furlong vislumbrou uma versão de si mesmo passando.

A Madre não parou, mas continuou ao longo de um corredor de azulejos.

– Por aqui.

– Estamos sujando o seu piso, Madre – Furlong se ouviu dizer.

– Não importa – disse ela. – A lama a sorte chama.

Ela os conduziu a um belo salão onde um fogo recém-aceso ardia numa lareira de ferro fundido. Havia uma mesa comprida, forrada com um pano branco feito a neve e rodeada de cadeiras, bem como um aparador de mogno e estantes envidraçadas. Pendurado sobre a lareira havia um retrato de João Paulo II.

– Por que não se senta perto da lareira e se aquece? – disse ela, entregando-lhe o casaco. – Vou cuidar dessa garota e depois trazer o nosso chá.

Ela seguiu, fechando a porta atrás de si, mas mal havia saído e a jovem freira entrou com uma bandeja. Suas mãos não estavam firmes e uma colher caiu.

– Vai chegar uma visita – disse Furlong.

– Outra visita? – ela parecia alarmada.

– É só um ditado – explicou Furlong – sobre quando uma colher cai.

– Entendo – ela disse, e olhou para ele.

Continuou, então, dando tudo de si, colocando as xícaras e os pires, mas teve dificuldade para tirar a tampa de uma lata antes de pegar um pedaço de bolo de frutas, que cortou rapidamente com uma faca.

Quando a Madre Superiora voltou, aproximou-se devagar da lareira, onde ergueu as tenazes e atiçou o fogo incipiente, juntando com habilidade os torrões acesos e envolvendo-os com pedaços frescos do melhor carvão de Furlong, tirados do balde, antes de se sentar na poltrona oposta.

– Então, está tudo bem em casa, Billy? – ela começou a dizer.

Seus olhos não eram nem azuis nem cinzentos, ficavam em algum lugar no meio do caminho.

– Está tudo bem conosco, obrigado, Madre.

– E as suas meninas? Como vão? Ouvi dizer que duas estão fazendo algum progresso nas aulas de música por aqui. E não é que você tem mais duas aqui do ladinho?

– Elas vão bem, graças a Deus.

– E há uma outra filha sua no coro agora. Ela não parece deslocada.

– Elas se comportam bem.

– Logo vão estar na escola vizinha, no futuro, se Deus quiser.

– Se Deus quiser, Madre.

– É só que hoje em dia são tantas meninas. Não é nada fácil encontrar lugar para todas elas.

– Imagino.

– Vocês têm cinco ou seis?

– Temos cinco, Madre.

Ela se levantou, então, e tirou a tampa do bule, mexendo nas folhas.

– Mas deve ser decepcionante, mesmo assim.

Ela estava de costas para ele.

– Decepcionante? – disse Furlong. – Em que sentido?

– Não ter nenhum menino para levar adiante o nome.

Ela falava sério, mas Furlong, que tinha uma longa experiência nesse tipo de conversa, estava em terreno conhecido. Ele se espreguiçou um pouco e deixou sua bota tocar o guarda-fogo de latão polido.

– Eu não adotei o nome da minha própria mãe, Madre? E isso nunca me fez mal algum.

– É mesmo?

– E o que eu teria contra meninas? – continuou ele. – Minha própria mãe foi uma menina antes. E diria até que o mesmo deve ser verdade sobre a senhora e todas as mulheres que conhecemos.

Deu-se então uma pausa, e Furlong sentiu não que ela estava exatamente desconcertada, mas sim que recalculava a rota – foi quando a porta se abriu e a garota do galpão foi trazida vestindo blusa, cardigã e saia plissada, de sapatos, os cabelos molhados mal penteados.

– Foi rápido. – Furlong ergueu-se um pouco. – Você está melhor agora, menina?

– Por que não se senta um pouco aqui agora? – A Madre puxou uma cadeira para ela. – Tome um pouco de chá com bolo e se aqueça. – Ela pareceu contente ao erguer o bule e lhe servir o chá, ao empurrar a jarra e o açucareiro para mais perto, ao alcance da menina.

A menina sentou-se à mesa e desajeitadamente começou a catar pedaços de fruta do bolo, depois engoliu o resto com o chá quente, mas pelejou com a xícara, tentando recolocá-la no pires.

Por um tempo, a Madre Superiora falou sobre as notícias e sobre coisas de menor importância, até mudar de assunto:

– Não vai nos contar agora por que estava no galpão de carvão? – disse ela. – Só o que precisa fazer é nos dizer. Você não está em apuros.

A garota congelou na cadeira.

– Quem te colocou lá dentro?

O olhar assustado da garota foi para todas as direções e tocou o de Furlong brevemente antes de voltar à mesa e às migalhas em seu prato.

– Elas me esconderam, Madre.

– Como assim, te esconderam?

– Só estávamos brincando.

– Brincando? Brincando de quê, você gostaria de nos dizer?

– Só brincando, Madre.

– Pique-esconde, imagino. E na sua idade. Elas não pensaram em te deixar sair quando a brincadeira acabou?

A garota desviou o olhar e deu um soluço que parecia vir de outro mundo.

– O que te aflige agora, filha? Tudo isso foi só um equívoco, não? Foi algo sem importância, não é mesmo?

– Sim, Madre.

– O que foi então?

– Foi algo sem importância, Madre.

– Você levou um susto, só isso. O que precisa agora é tomar seu café da manhã e dormir um sono gostoso e comprido.

Ela olhou para a jovem freira que ficara o tempo todo parada feito uma estátua na sala e fez um gesto com a cabeça.

– Poderia fritar alguma coisa para essa menina? Leve-a para a cozinha e deixe-a comer à vontade. E não é para ela ter nenhuma tarefa hoje.

Furlong observou a garota sendo levada embora e logo entendeu que a mulher queria que ele se fosse – mas o desejo de ir estava sendo substituído agora por uma espécie de resistência em permanecer ali e não ceder. Já estava amanhecendo lá fora. Logo os sinos da primeira missa tocariam. Ele continuou sentado, encorajado por aquele estranho e novo poder. Ele era, afinal, um homem entre as mulheres ali.

Olhou para a mulher à sua frente, para como estava vestida: o traje bem-passado, os sapatos engraxados.

– O Natal não chegou rápido, afinal? – ele disse, à toa.

– Chegou sim, com certeza.

Ele tinha que admitir: a Madre parecia tranquila.

– Ouviu dizer que estão prevendo neve?

– Poderíamos ainda vir a ter um Natal branco. Mas não é mais trabalho para você?

– Temos estado ocupados – disse Furlong. – Não posso reclamar.

– Terminou seu chá ou posso servir outro?

– Podemos acabar com o que restou, Madre – ele insistiu, segurando a xícara.

A mão que serviu estava firme.

– Seus marinheiros estiveram na cidade esta semana?

– Não são meus marinheiros, mas recebemos uma carga lá no cais sim.

– O senhor não se importa em trazer os estrangeiros para cá.

– As pessoas têm que ter nascido em algum lugar, não? – Furlong disse. – E não é que o próprio Jesus nasceu em Belém?

– Eu dificilmente compararia Nosso Senhor a esses sujeitos.

Ela agora chegara ao limite; colocou a mão no fundo do bolso e tirou dali um envelope.

– Aguardo uma fatura para o que devo, mas aqui está algo para o Natal.

Mesmo relutando em pegá-lo, Furlong estendeu a mão.

Ela o acompanhou então até a cozinha, onde a jovem freira se encontrava diante de uma frigideira, quebrando um ovo de pato junto a duas rodelas de morcela. A moça do depósito de carvão estava sentada à mesa, um tanto atordoada, sem nada à sua frente.

Esperavam que seguisse adiante, Furlong sabia, mas ele, para contrariar, ficou do lado da garota.

– Posso fazer alguma coisa por você, *a leanbh*? – perguntou. – É só me dizer.

Ela olhou para a janela e respirou fundo e começou a chorar, como fazem ao encontrar a gentileza pela primeira vez ou depois de muito tempo aqueles que não estão acostumados a ela.

– Não quer me dizer seu nome?

Ela olhou para a freira.

– Aqui elas me chamam de Enda.

– Enda? – disse Furlong. – Esse não é um nome de menino?

Ela não estava em condições de responder.

– Mas qual é o seu nome? – Furlong perguntou, de forma mais suave.

– Sarah – ela disse. – Sarah Redmond.

– Sarah – ele disse. – Esse era o nome da minha mãe. E de onde você é?

– Minha família é de um lugar para lá de Clonegal.

– Isso não fica muito depois de Kildavin? – ele disse. – Como você veio parar aqui?

A freira do fogão tossiu e deu uma sacudida forte na frigideira, e Furlong entendeu que a garota não podia dizer mais nada.

– Bem, você está chateada agora, e não é de se admirar. Mas meu nome é Bill Furlong e trabalho no depósito de carvão, perto do cais. Se acontecer qualquer coisa, basta ir até lá ou mandar me chamar. Estou lá todos os dias, menos aos domingos.

A freira preparava o ovo com a morcela, raspando ruidosamente a margarina de uma grande tina sobre uma torrada.

Decidindo-se em não dizer mais nada, Furlong saiu e fechou a porta, depois parou no degrau da frente até ouvir alguém lá dentro girando a chave.

6

– Você perdeu a primeira missa – disse Eileen quando ele chegou em casa.

– Eu estava no convento e elas não me deixaram ir embora sem entrar para tomar chá.

– Bem, é Natal – disse Eileen. – Era a coisa certa a fazer, não?

Furlong não respondeu.

– O que elas te deram?

– Chá – ele disse. – E bolo, foi tudo.

– Mas não te deram outra coisa?

– O que você quer dizer?

– Para o Natal, quero dizer. Elas nunca deixam o ano passar sem enviar nada.

Furlong não tinha pensado mais no envelope.

Quando Eileen abriu e tirou o cartão, uma nota de 50 libras caiu em seu colo.

– Elas são muito boas, não? – disse ela. – Isso dá de sobra para pagar o que devemos no açougue. Vou buscar o peru e o presunto pela manhã.

– Posso ver?

O cartão retratava um céu azul com um anjo e a Virgem e o Menino num jumento, sendo conduzidos por José. "A fuga para o Egito", ele leu no verso. Do lado de dentro, com uma caligrafia de aparência apressada, estava escrito: "Para Eileen, Bill e filhas. Muitas felicidades para vocês e os seus".

– Espero que você tenha agradecido – disse Eileen.

– Por que não agradeceria? – Furlong enrolou o envelope e o jogou no lixo.

– O que há com você? – ela estava pegando o cartão e colocando-o sobre a lareira ao lado de suas outras coisas.

– Nada – disse Furlong. – Por quê?

– Bem, então tire essas roupas e se troque, ou vai fazer a gente se atrasar para a segunda missa.

Furlong foi até o banheiro dos fundos, pegou o sabonete e ensaboou as mãos lentamente na bacia e lavou o rosto e começou a se barbear, aproximando a lâmina bastante em alguns lugares, e fez um corte no pescoço. No espelho, olhou para os seus olhos, para o repartido do cabelo e para as sobrancelhas, que pareciam mais juntas do que da última vez que olhara para si mesmo. Esfregou as unhas o melhor que pôde, tentando tirar a sujeira que havia debaixo delas. Com um novo tipo de relutância, vestiu então suas roupas de domingo e caminhou com Eileen e as meninas até a capela, sentindo a calçada íngreme e muito escorregadia em alguns lugares.

– Vocês têm um trocado para a caixa de doações? – Eileen perguntou às meninas, sorrindo, quando elas estavam chegando à capela. – Ou seu pai doou tudo?

– Não há necessidade de fazer esse tipo de comentário feio – Furlong disse, mais ríspido. – Você não tem o suficiente em sua bolsa por um dia que seja?

O sorriso de Eileen desapareceu e uma espécie de perplexidade se espalhou pelo seu rosto. Ela pegou lentamente a bolsa e distribuiu moedas de 10 pence para as meninas.

Passando o pórtico, benzeram-se na fonte de mármore, mergulhando os dedos ali dentro e fazendo ondulações na superfície da água antes de entrar pelas portas duplas. Furlong ficou parado junto à porta enquanto elas caminhavam pelo corredor, e observou com que facilidade se ajoelhavam e deslizavam para o banco, conforme ensinado, enquanto Joan ia até a frente, fazendo a genuflexão e ajoelhando-se junto ao resto do coro.

Algumas mulheres com lenço na cabeça rezavam o rosário baixinho, os polegares passando pelas contas. Membros de grandes famílias de fazendeiros e empresários chegavam de lã e *tweed*, em lufadas de sabonete e perfume, andando com passos largos até a frente e abaixando as dobradiças dos genuflexórios. Homens mais velhos entravam, tirando a boina e fazendo o sinal da cruz habilmente com o dedo. Um jovem recém-casado foi andando corado para se sentar com sua nova esposa no meio da capela. As más-línguas ficavam na beirada do corredor para dar uma boa olhada, procurando paletós ou cortes de cabelo novos, alguém mancando, qualquer coisa fora do comum. Quando Doherty, o veterinário, passou com o braço na tipoia, houve algumas cotoveladas e sussurros, e outros mais quando a agente do correio que havia tido trigêmeos passou usando um chapéu de veludo verde. Às crianças pequenas eram dadas chaves para brincarem, para se divertirem, e chupetas. Um bebê foi levado para fora aos prantos, lutando para se livrar dos braços da mãe. Fumaça de cigarro e algumas gargalhadas entravam pelo pórtico vindos de fora, onde alguns dos homens sempre ficavam até ouvirem o sino que indicava o início.

Em pouco tempo, a irmã Carmel, que dava aulas de música, sentou-se diante do órgão e começou a tocar. Todos, exceto os muito idosos e deficientes, se levantaram enquanto os coroinhas saíam, precedendo o pároco, cujas vestes roxas oscilavam atrás dele, em seus calcanhares.

Lentamente, ele fez uma genuflexão de costas para a congregação antes de tomar seu lugar no altar. Abrindo bem os braços, começou:

– Em nome do Pai e do Filho e do Espírito Santo. A graça de nosso Senhor Jesus Cristo, o amor de Deus e a comunhão do Espírito Santo estejam convosco.

– Bendito seja Deus – ecoou a congregação.

A missa, naquele dia, pareceu longa. Furlong ouviu mais do que participou, distraído, enquanto observava a luz da manhã entrando pelos vitrais. Durante o sermão, seu olhar seguiu as Estações da Via Sacra:

Jesus tomando sua cruz e caindo, encontrando sua mãe, as mulheres de Jerusalém, caindo mais duas vezes antes de ser despojado de suas vestes, sendo pregado na cruz e morrendo, sendo colocado no túmulo. Quando a consagração terminou e chegou a hora de subir e receber a Comunhão, Furlong ficou onde estava, as costas apoiadas na parede.

Mais tarde naquele domingo, depois de voltarem para casa e comerem costeletas de cordeiro com couve-flor e molho de cebola, Furlong montou a árvore de Natal e sentou-se junto ao fogão e observou as meninas pendurarem luzes e enfeites, e arrumarem bagas de azevinho atrás dos porta-retratos e sobre a cômoda. Sentindo-se quase um velho, ele ajeitou os cordões dos pequenos enfeites que as meninas lhe entregaram e cujos cordões anteriores tinham se rompido. Quando a árvore estava totalmente decorada e as luzes ligadas na tomada e acesas, Grace pegou o acordeom e tentou tocar "Jingle Bells". Sheila ligou a televisão e se deitou no sofá para assistir a um episódio de *All Creatures Great and Small*. Furlong queria que Eileen se sentasse, mas assim que ela terminou a louça foi pegando a farinha e a tigela de cerâmica e disse que deviam fazer as tortinhas de Natal e decorar o bolo. Kathleen preparou a massa e a abriu. Então Loretta cortou as rodelas com um copo virado para baixo enquanto Eileen e Joan separavam os ovos, batiam as claras e peneiravam o açúcar de confeiteiro. O bolo de Natal, já coberto de marzipã, foi então desenformado e colocado sobre um prato de bolo prateado, e Sheila começou a discutir com Grace por causa do acordeom, dizendo que era sua vez de tocar.

Furlong levantou-se e encheu o balde com antracito do galpão e trouxe lenha, depois pegou a vassoura e começou a varrer o chão.

– Você precisa fazer isso agora? – disse Eileen. – Estamos tentando decorar o bolo.

Quando ele jogou no fogo a poeira, a sujeira, as folhas de azevinho e os pedaços de pinheiro que havia juntado do chão, o fogão cuspiu e soltou um poderoso estalo. Parecia que a sala estava se fechando; o papel de parede, com seu padrão repetitivo e sem sentido, destacava-se diante dos olhos de Furlong. Uma necessidade de ir embora se apoderou dele, que se imaginou lá fora sozinho em suas roupas velhas, caminhando por um campo escuro.

Por volta das 6 horas, quando o Ângelus passou na televisão, seguido pelo noticiário, várias dezenas de tortas esfriavam em grelhas de arame, e o bolo de Natal estava coberto de glacê, com um pequeno Papai Noel de plástico quase até os joelhos na cobertura, rodeado de renas. Quando ouviu a previsão do tempo e olhou lá para fora e viu as luzes da rua, Furlong não conseguiu ficar sentado por mais tempo.

– Acho que vou visitar Ned – ele disse. – Se não for agora, não vai mais dar tempo de ir.

– É isso que está te incomodando?

– Não há nada me incomodando, Eileen – Furlong suspirou. – Você não disse que ele não estava bem?

– Então leve isto para ele – disse ela, embrulhando seis tortinhas em papel pardo. – E diga-lhe que apareça para o Natal.

– Sim, é claro.

– Nós o receberemos de bom grado para comer, se ele quiser.

– Você não se importaria?

– Claro que não, numa casa cheia como a nossa, o que é mais uma boca?

Com uma espécie de alívio, Furlong vestiu o sobretudo e desceu para o pátio. Como era bom estar lá fora, ver o rio e sua própria respiração no ar. No cais, um bando de gaivotas enormes e brilhantes flutuava e passava por ele, provavelmente para ir procurar comida, em vão, no estaleiro fechado. Uma parte dele desejava que fosse uma manhã de segunda-feira, que ele pudesse simplesmente abaixar a cabeça e dirigir pelas estradas e se perder na mecânica da semana normal de trabalho. Os domingos podiam parecer muito insípidos e duros. Por que não conseguia relaxar e apreciá-los como outros homens, que tomavam uma cerveja ou duas após a missa, antes de adormecerem junto à lareira – com o jornal – tendo comido sua refeição?

Um domingo, anos atrás, enquanto a sra. Wilson ainda estava viva, Furlong havia ido até a casa. Não fazia muito tempo que estava casado, à época – Kathleen ainda estava no carrinho de bebê. Furlong tinha o hábito, nos domingos em que fazia bom tempo, de pegar a bicicleta depois de comer e ir fazer uma visita. Acontece que a sra. Wilson não se encontrava em casa naquela tarde, mas Ned estava na cozinha, com uma garrafa de cerveja preta e fumando junto à lareira. Deu as boas-vindas a Furlong, como sempre, e logo começou a relembrar como ele havia sido trazido ainda bebê para a casa, recordando como a sra. Wilson costumava descer diariamente para dar uma olhada nele, dentro de sua cesta.

– Ela nunca se arrependeu – ele disse –, nem disse uma palavra negativa sobre você ou se aproveitou de sua mãe. O salário era pequeno, mas a gente tinha um teto decente sobre as nossas cabeças e nunca fomos para a cama com fome. Tenho só um quartinho aqui, mas nunca encontrei uma caixa de fósforos fora do lugar nele. O quarto em que moro é tão bom quanto o que eu teria se fosse dono de algum lugar, e posso me levantar no meio da noite e comer até me fartar, se quiser. E quantas pessoas podem dizer isso?

"Mas fiz uma coisa horrível certa vez. Mais de uma vez também. Você só estava aprendendo a andar de um lado para o outro naquela época, mas havia outro homem aqui, ordenhando as vacas comigo de manhã, e ele tinha um burro, e o burro estava morrendo de fome por falta de capim, então ele me perguntou se eu poderia encontrá-lo no início da rua dos fundos, ao escurecer, e levar para ele um saco de feno. Foi um inverno rigoroso, um dos piores que já tivemos, e eu disse que sim, e todas as noites enchia um saco de feno e ia encontrá-lo ali, no escuro, perto da entrada, onde ficam os rododendros. Isso durou um bom tempo, mas uma noite, quando eu estava descendo a estrada, algo que não era humano, uma coisa feia e sem mãos, saiu da vala e bloqueou minha passagem – e isso acabou com meu roubo do feno da sra. Wilson. É lamentável que eu tenha deixado isso de lado e nunca o tenha contado a ninguém antes, exceto no confessionário."

Furlong ficou até tarde naquela noite e bebeu duas garrafinhas de cerveja preta e acabou perguntando a Ned se ele sabia quem era seu pai. Ned disse a ele que sua mãe nunca tinha comentado, mas que muitos visitantes vieram à casa naquele verão antes de Furlong nascer; parentes dos Wilson e amigos deles, vindos da Inglaterra, pessoas de boa aparência. Costumavam alugar um barco e ir pescar salmão no Barrow. Então, sabe-se lá nos braços de quem sua mãe poderia ter caído.

– Só Deus sabe – ele disse. – Mas não acabou tudo bem no final? Você não teve um começo decente aqui, e não está se saindo bem?

Antes de Furlong ir embora, Ned fez chá, pegou a sanfona e tocou algumas músicas antes de largá-la, fechar os olhos e cantar "The Croppy Boy". A música e a forma como a cantou arrepiaram os cabelos da nuca de Furlong e ele não conseguiu sair sem pedir a Ned para cantá-la de novo.

Agora, dirigindo na avenida de acesso, os velhos carvalhos e tílias pareciam rígidos e altos. Alguma coisa no coração de Furlong deu um nó quando os faróis cruzaram as gralhas e os ninhos construídos por elas, e ele viu a casa recém-pintada, com luzes elétricas acesas em todos os cômodos da frente e a árvore de Natal em exibição na janela da sala de estar, onde nunca costumava ficar antes.

Ele fez a volta devagar até os fundos, estacionou no quintal e desligou o motor. Uma parte sua não se sentia disposta a chegar perto da casa ou conversar, mas ele se forçou a sair e atravessar os paralelepípedos e bater na porta dos fundos. Ficou parado por um ou dois minutos, os ouvidos atentos, antes de bater de novo – então um cachorro latiu e a luz do quintal se acendeu. Quando uma mulher abriu a porta e o cumprimentou com um forte sotaque de Enniscorthy e Furlong explicou que tinha vindo visitar Ned, ela lhe disse que Ned não estava mais lá, que havia sido hospitalizado mais de quinze dias antes, depois de pegar pneumonia, e agora estava convalescendo numa casa de repouso.

– Onde?

– Não sei ao certo – ela disse. – Quer falar com os Wilson? Eles ainda não se sentaram para jantar.

– Ah, não. Não vou incomodá-los – disse Furlong. – Deixe para lá.

– Fácil ver que você é parente.

– O quê?

– Posso ver a semelhança – disse ela. – Ned é seu tio?

Furlong, incapaz de encontrar uma resposta, balançou a cabeça e olhou para a cozinha atrás dela, cujo chão agora estava coberto de linóleo. Olhou para o guarda-louça também, que era o mesmo de sempre, com seus jarros azuis e travessas.

– Não quer mesmo que eu avise que você está aqui? – ela disse. – Eles com certeza não iam se importar.

Ele podia sentir que ela se irritava com a porta aberta, ele deixando o frio entrar.

– Ah, não precisa – disse. – Vou embora, mas obrigado de qualquer maneira. Poderia dizer a eles que Bill Furlong apareceu e que lhes deseja um feliz Natal?

– Sim, é claro – disse ela. – Felicidades para você.

– Felicidades para você.

Quando ela fechou a porta, Furlong olhou para o degrau gasto de granito e raspou a sola do sapato ali antes de se virar para ver o que podia do pátio: os estábulos e o celeiro, o curral das vacas, o cocho dos cavalos, o portão de ferro batido que levava ao pomar onde ele costumava brincar, os degraus até o sótão do celeiro, os paralelepípedos em que sua mãe havia caído e encontrado a morte.

Antes que voltasse ao caminhão e fechasse a porta, a luz do pátio se apagou e uma espécie de vazio tomou conta dele. Por algum tempo, ficou sentado observando o vento soprando nas copas das árvores nuas, os galhos trêmulos, mais altos do que as chaminés; então estendeu a mão e comeu uma tortinha que estava no saco de papel pardo. Por uma boa meia hora ou mais ele deve ter ficado sentado ali, repassando mentalmente o que a mulher lá dentro tinha dito, sobre a semelhança, deixando aquilo atiçar sua mente. Foi preciso uma estranha para revelar as coisas.

Em algum momento mais tarde, uma cortina do andar de cima se afastou e uma criança olhou lá para fora. Ele se forçou a pegar a chave e ligou o motor. Dirigindo de volta para a estrada, deixou de lado suas novas preocupações e pensou na garota do convento. O que mais o atormentava não era tanto o fato de ela ter sido deixada no depósito de carvão ou a postura da Madre Superiora; o pior era o modo como a menina fora tratada enquanto ele estava presente e como ele permitiu que isso acontecesse e não perguntou sobre o seu bebê – a única coisa que ela pediu que fizesse – e como pegou o dinheiro e a deixou lá, sentada à mesa, sem nada diante dela e o leite do peito vazando por baixo do cardigã e manchando a blusa, e como ele em seguida tinha ido, feito um hipócrita, à missa.

7

Na véspera de Natal, Furlong nunca teve menos vontade de sair para trabalhar. Durante dias, algo duro vinha se acumulando em seu peito, mas ele se vestiu, como sempre, e bebeu um Beechams Powder quente antes de descer para o pátio. Os homens já estavam lá, parados do lado de fora dos portões, soprando as mãos e batendo os pés no frio, conversando entre si. Todos os homens que ele contratou se revelaram decentes e não eram propensos a fazer corpo mole com o trabalho ou reclamar. Para obter o melhor das pessoas, você sempre deve tratá-las bem, costumava dizer a sra. Wilson. Ele estava feliz agora, por sempre levar suas filhas a ambos os cemitérios no Natal, a fim de colocar uma coroa de flores na lápide dela, bem como na da mãe dele, feliz por ter ensinado isso a elas.

Depois que Furlong deu bom dia aos homens e abriu os portões, ele verificou mecanicamente o pátio, as cargas e os documentos, antes de sentar-se ao volante. Quando deu a partida no caminhão, uma fumaça preta saiu do escapamento. Dirigindo pela estrada, o caminhão penava nas subidas, e Furlong sabia que o motor estava falhando, que as novas janelas que Eileen desejava para a frente da casa não seriam instaladas no próximo ano, nem no ano seguinte.

Em algumas das casas pelo interior, estava claro que as pessoas passavam por dificuldades; pelo menos seis ou sete vezes o puxaram de lado, silenciosamente, a fim de perguntar se o que era devido poderia ser pago mais tarde. Em outras casas, ele fez o possível para se juntar às pequenas e festivas conversas e agradeceu às pessoas os cartões e os presentes: latas de doces Emerald e Quality Street, um saco de pastinagas, maçãs para cozinhar, uma garrafa de Bristol Cream, Black Tower, uma jaqueta infantil de veludo cotelê que não tinha sido usada. Um homem protestante colocou uma nota de 5 libras em sua mão e lhe desejou um feliz Natal, dizendo que a esposa de seu filho acabara de dar à luz outro menino. Em mais de uma casa, as crianças, de férias, correram para cumprimentá-lo, como se ele fosse o Papai Noel, só que trazendo o saco de carvão. Não foram poucas as vezes em que Furlong parou para deixar um saco de lenha na porta daqueles que já haviam feito negócios com ele no passado, quando tinham condições de pagar. Numa delas, um menino correu até o caminhão e pegou um pedaço de carvão, mas sua irmã mais velha saiu e deu um tapa nele, dizendo que largasse, porque aquilo era sujo.

– Vai se foder – disse o menino. – Vai se foder, tá bem?

A garota, sem demonstrar vergonha, entregou a Furlong um cartão de Natal.

– Sabíamos que você viria – disse ela – e ia nos poupar o custo de ter que postar. Mamãe sempre disse que você era um cavalheiro.

As pessoas podem ser boas, Furlong lembrou a si mesmo enquanto dirigia de volta para a cidade; era uma questão de aprender a administrar e equilibrar o dar-e-receber de maneira que te permitisse ficar bem com os outros e também com os seus. Mas assim que o pensamento lhe ocorreu, ele se deu conta de que o próprio pensamento era privilegiado, e se perguntou por que não tinha dado os doces e as outras coisas que ganhara em algumas das casas aos menos abastados que encontrara em outras. O Natal sempre trazia à tona o melhor e o pior das pessoas.

Quando voltou ao pátio, o sino do Ângelus havia tocado já fazia muito tempo, mas os homens estavam de bom humor e ainda limpando, varrendo e molhando o concreto com a mangueira, fazendo brincadeiras entre si. Furlong fez um balanço do que havia lá, anotando tudo no livro de contabilidade, depois trancou o escritório pré-fabricado e cobriu o capô do caminhão com sacos, para o caso de se confirmar o tempo que as pessoas esperavam. Eles se revezaram então, lavando-se na torneira, esfregando as mãos, limpando a sujeira das botas. No final, Furlong pegou o sobretudo no caminhão e trancou os portões com o cadeado.

A refeição que comeram no Kehoe's aquele dia foi paga pela empresa. A sra. Kehoe, usando um avental novo e festivo, circulava ao redor das mesas oferecendo mais molho e purê extra, pavê de xerez, pudim de Natal e creme. Os homens comeram à vontade e continuaram por ali, recostados com canecas de cerveja preta e cerveja clara, distribuindo cigarros e usando os guardanapinhos vermelhos de papel que ela deixara para assoar o nariz. Furlong não sentia vontade de se demorar; tudo o que ele queria, agora, era chegar em casa, mas ficou, porque parecia apropriado continuar ali um pouco mais, para agradecer e desejar boa sorte a seus homens, passar tempo de um modo que raramente fazia. Eles já haviam recebido seus bônus de Natal. Antes que ele fosse pagar a conta, cumprimentaram-se com apertos de mãos.

– Você deve estar exausto – disse a sra. Kehoe quando ele foi até ela pagar. – Fica nisso o dia todo, todos os dias.

– Não mais do que a senhora, sra. Kehoe.

– Pesada é a cabeça que usa a coroa – ela riu.

Ela estava juntando as sobras, despejando o molho dos barquinhos de aço numa panela e raspando o purê.

– Tem sido um período de muito trabalho – disse Furlong. – Os poucos dias de folga não vão nos fazer mal.

– O que é ser homem – disse ela – e ter dias de folga – ela deu outra risada mais áspera e enxugou as mãos no avental antes de fazer a soma na caixa registradora.

Quando Furlong lhe entregou as notas, ela as colocou na gaveta, então saiu de trás do balcão com o troco e se aproximou dele, virando as costas para as mesas.

– Você vai me corrigir se eu estiver errada, eu sei, Bill, mas ouvi dizer que você teve um desentendimento com *aquela pessoa* no convento.

A mão de Furlong se crispou sobre o troco e seu olhar caiu no rodapé, seguindo-o ao longo da base da parede até a quina.

– Eu não diria que foi um desentendimento, mas tive uma manhã e tanto por lá sim.

– Não é da minha conta, você sabe, mas não seria má ideia ficar de olho no que diz sobre o que acontece por lá. Mantenha o inimigo por perto, o cachorro mau com você, e o cachorro bom não vai te morder. Você sabe bem.

Ele abaixou os olhos para o padrão de anéis pretos entrelaçados no carpete marrom.

– Não se ofenda, Bill – ela disse, tocando a manga dele. – Não é da minha conta, como eu disse, mas certamente você deve saber que essas freiras estão metidas num bocado de coisas.

Ele recuou e a encarou.

– Certamente elas têm tanto poder quanto nós lhes damos, sra. Kehoe.

– Eu não teria tanta certeza.

Ela fez uma pausa e então olhou para ele do modo como mulheres imensamente práticas olhavam para os homens, como se eles não fossem homens, mas sim meninos tolos. Mais de uma vez, talvez mais de várias vezes, Eileen fez o mesmo.

– Não ligue para o que estou dizendo – ela disse –, mas você trabalhou duro, assim como eu, para chegar onde está agora. Criou uma boa família, com suas meninas, e sabe que há só uma parede separando aquele lugar de St. Margaret's.

Furlong não se ofendeu, suavizou o tom.

– Eu sei, sra. Kehoe.

– Posso contar nos dedos de uma das mãos o número de garotas daqui que já se deram bem e não andaram por aqueles corredores – disse ela, abrindo a palma da mão.

– Tenho certeza disso.

– Elas pertencem a diferentes ordens – ela continuou –, mas acredite em mim, aquilo é tudo igual.

Você não pode ficar contra uma sem prejudicar suas chances com a outra.

– Obrigado, sra. Kehoe. Fico muito agradecido à senhora por dizer isso.

– Feliz Natal, Bill.

– Muitas felicidades – disse Furlong, colocando o troco que ela lhe dera de volta em sua mão.

Quando saiu, estava nevando. Flocos brancos caíam do céu e aterrissavam na cidade e por toda parte ao redor. Ele ficou olhando para as próprias calças, para as pontas das botas, depois puxou o gorro bem para baixo e abotoou o casaco. Por um tempo, simplesmente caminhou pelo cais com as mãos enfiadas nos bolsos, pensando no que lhe tinham dito e observando o rio fluir escuro, bebendo a neve. Sentia-se um pouco mais liberto agora, ao ar livre, sem nada de urgente por enquanto e com mais um ano de trabalho cumprido atrás dele, às suas costas. A urgência de realizar a única tarefa que tinha e voltar para casa estava diminuindo. Quase despreocupado, ele dobrou uma esquina sob as luzes da cidade, os longos fios em ziguezague de lâmpadas multicoloridas. Saía música de um alto-falante e a voz alta e ininterrupta de um menino cantava: O *holy night, the stars are brightly shining* [Ó noite santa, as estrelas brilham intensamente]. Ao passar pela árvore do lado de fora da prefeitura, ele prendeu a ponta do pé numa pedra da calçada e quase tropeçou, e se viu culpando a sra. Kehoe, que o fizera tomar um uísque quente para o resfriado e lhe dera uma enorme tigela de pavê de xerez. Aqui e ali, ele parava para olhar as vitrines das lojas, as mercadorias, os sinuosos fios prateados, tantas coisas brilhantes: Waterford Crystal, conjuntos de talheres de aço inoxidável, jogos de chá de porcelana, frascos de perfume, canecas de batizado. Na Forristal's, seu olhar pousou em bandejas de veludo preto perfuradas exibindo anéis de noivado e alianças de casamento, relógios de ouro e prata. Pulseiras pendiam de um braço falso – e havia medalhões em correntes, colares.

Na velha loja dos Stafford, ele ficou olhando feito uma criança para um taco e uma bola de *hurley*, redes de bolinhas de gude, soldadinhos de brinquedo, massa de modelar, Lego, tabuleiros de damas e de xadrez, algumas coisas que tinham durado. Duas bonecas com vestido de babados sentavam-se rígidas com os braços estendidos, os dedos quase tocando a vidraça, como se pedissem para serem levantadas. Quando ele entrou e perguntou à sra. Stafford se ela teria um quebra-cabeça de fazenda com 500 peças, ela disse que os únicos quebra-cabeças que vendiam agora eram para crianças, que havia pouca demanda para os mais difíceis, então perguntou se poderia ajudá-lo a encontrar alguma outra coisa. Furlong balançou a cabeça, mas comprou um saco de balas de limão pendurado num dos ganchos atrás dela, pois não gostava de sair de mãos abanando.

Na Joyce's Furniture, viu seu reflexo num espelho de corpo inteiro que estava à venda e achou que deveria ir ao barbeiro cortar o cabelo. Quando olhou lá para dentro, havia uma longa fila, mas empurrou a porta e imediatamente um sininho tocou. Ocupou seu lugar na ponta do banco para esperar sua vez ao lado de um homem ruivo que não conhecia e quatro meninos ruivos que se pareciam muito com ele. Sinnott, que bebera um pouco demais, estava na cadeira com o barbeiro de pé diante dele, terminando um corte rente na nuca e nas laterais. O barbeiro acenou com a cabeça solenemente para Furlong no espelho e continuou com a tesoura por um tempo antes de pousá-la, escovar os cabelos da nuca de Sinnott e esvaziar o cinzeiro. Quando as guimbas caíram no balde, alguns fios de cabelo chamuscaram um pouco, exalando um cheiro amargo, e Furlong pensou no que Eileen tinha ouvido sobre o filho do barbeiro, o jovem eletricista, a respeito de seu diagnóstico, e como deram ao rapaz pouco tempo de vida. Surgiram então algumas conversas entre os homens, que contaram certas piadas grosseiras, disfarçando por haver crianças ali.

Furlong viu que não participava da conversa, que se mantinha afastado enquanto considerava e imaginava outras coisas. A certa altura, depois que mais clientes entraram e Furlong se mexeu no banco, diante do espelho, ele olhou diretamente para o seu reflexo, procurando uma semelhança com Ned, que ao mesmo tempo conseguia ver e não. Talvez a mulher na casa dos Wilson tivesse se enganado e simplesmente imaginado a semelhança, presumindo que fossem parentes. Mas isso não parecia provável e ele não pôde deixar de pensar em como Ned ficou desanimado depois que a mãe de Furlong faleceu, e como eles sempre iam à missa e comiam juntos, o jeito como ficavam conversando diante da lareira à noite, como fazia sentido.

E se fosse verdade, teria sido um ato de graça diária, por parte de Ned, fazer Furlong acreditar que vinha de uma linhagem melhor, enquanto cuidava dele com firmeza ao longo dos anos. Aquele era o homem que havia engraxado seus sapatos e amarrado os cadarços, que lhe comprou sua primeira navalha e o ensinou a se barbear. Por que as coisas que estavam mais próximas eram com tanta frequência as mais difíceis de ver?

Sua mente estava se libertando agora, com uma pausa para se perder e vagar, e ele não podia dizer que se importava em ficar sentado ali, esperando sua vez com o ano de trabalho concluído – e quando seu cabelo foi cortado e o corte pago e ele saiu, a neve estava se acumulando tanto que as pegadas das pessoas que haviam passado antes e depois dele em ambas as direções se destacavam claramente – e também não tão claramente – na calçada.

Na Charles Street, ele parou na Hanrahan's para pegar os sapatos de verniz que tinha encomendado para Eileen e que haviam sido separados. A mulher bem-vestida atrás do balcão, esposa de um de seus bons clientes, não parecia muito ansiosa para atendê-lo, mas trouxe a caixa de sapatos.

– Era o par de número seis que o senhor queria?

– Seis – disse Furlong. – Sim.

– Quer que embrulhe?

Ela os estava colocando lado a lado, dobrando o papel de seda e fechando a tampa da caixa.

– Sim – disse Furlong. – Se não se importar.

Ele a observou embrulhando a caixa, puxando a fita adesiva e dobrando os cantos do papel estampado antes de colocá-la num saco plástico e lhe dizer quanto devia.

Quando Furlong pagou e saiu, já havia escurecido e ele estava mais do que pronto para subir a ladeira em direção à sua casa, mas sentiu o cheiro de óleo quente da birosca de peixe com batatas fritas, cuja porta estava aberta, e parou para comprar uma lata de refrigerante 7UP, que bebeu avidamente no balcão antes de se ver caminhando de volta para o rio e em direção à ponte, onde uma onda de frio e cansaço o atravessou. A neve ainda caía, embora timidamente, descendo do céu sobre tudo o que havia, e ele se perguntou por que não tinha voltado para o conforto e a segurança de sua própria casa – Eileen já estaria se preparando para a missa da meia-noite e imaginando onde ele poderia estar –, mas seu dia se completava agora, com outra coisa.

Atravessando a ponte, ele olhou para o rio, para a água que corria. As pessoas diziam que uma maldição fora lançada sobre o Barrow. Furlong não conseguia se lembrar nem da metade da história, mas tinha a ver com uma ordem de monges que havia construído uma abadia ali, nos velhos tempos, e adquirido o direito de cobrar pedágio no rio. Com o passar do tempo, ficaram gananciosos e o povo se rebelou e os expulsou da cidade. Quando estavam indo embora, o abade lançou uma maldição sobre a cidade, para que todos os anos o rio lhes tirasse três vidas, nem mais nem menos. A própria mãe dele acreditava que havia alguma verdade nisso, e lhe contou sobre um negociante de gado que ela conhecera cujo caminhão saíra da estrada na véspera de Ano-Novo, e que ele perdera a vida, o terceiro afogamento naquele ano. Às vezes ela o segurava com um de seus braços fortes e sardentos enquanto girava a manivela da batedeira com o outro; costumava encostar a cabeça no flanco da vaca e cantar uma ou duas canções enquanto ordenhava com Ned, à noite, para facilitar a descida do leite. E ela também o havia estapeado, às vezes, por ser ousado ou falar fora de hora ou deixar a manteiga destampada, mas essas coisas eram pequenas.

Furlong continuava inquieto, pensando na garota de Dublin que lhe pedira para levá-la até ali a fim de que pudesse se afogar e em como ele recusara; em como ele depois se perdera nas estradas vicinais, e no velho estranho cortando os cardos na névoa aquela noite com o bode, e no que ele lhe dissera – que a estrada o levaria aonde ele quisesse ir.

Quando alcançou a outra margem do rio, ele caminhou, subindo a colina, passando por outros tipos de casa com velas acesas e lindas poinsétias vermelhas nos cômodos da frente, casas que nunca tinha visto antes, só pelo lado de fora, da porta dos fundos. Numa delas, um menino de paletó estava sentado ao piano enquanto uma mulher lindamente vestida, segurando um copo de haste longa, estava ao seu lado, ouvindo. Noutra casa, um homem com ar preocupado estava curvado sobre uma escrivaninha, anotando coisas como se estivesse fazendo cálculos difíceis, tentando ajeitar a contabilidade. Noutra, um garotinho num cavalo de balanço cavalgava sobre um tapete fofo de lã.

Uma garota com o uniforme de St. Margaret's estava sentada num sofá de veludo, e Furlong se perguntou por que ela o usava se não era dia de escola, mas talvez tivesse vindo do ensaio do coral.

Ele continuou andando, subindo a colina, para lá das casas iluminadas e dos postes de luz. Na escuridão e no silêncio, deu uma volta pelo lado de fora do convento, examinando o lugar. As paredes enormes e altas ao redor dos fundos também estavam cobertas de vidros quebrados – ainda visíveis, em alguns pontos, sob a neve. Não dava para ver lá dentro, e as janelas do terceiro andar tinham sido escurecidas e equipadas com grades de metal. Ele continuou, sentindo-se como um animal noturno à espreita, caçando, com um fluxo de algo próximo à excitação correndo por seu sangue. Virando uma esquina, deparou-se com uma gata preta comendo a carcaça de um corvo, lambendo os beiços. Ao vê-lo, ela se imobilizou e fugiu através da sebe.

Quando ele voltou para a entrada principal, passando pelos portões abertos e subindo a entrada da garagem, os teixos e as sempre-vivas estavam bonitos como uma pintura, exatamente como as pessoas diziam, com bagas nos arbustos de azevinho. Havia apenas um par de pegadas na neve, indo vagamente na direção oposta, e ele chegou até a porta da frente e passou facilmente por ela sem encontrar ninguém. Quando alcançou a empena e foi até a porta do depósito de carvão, a necessidade de abri-la o abandonou, estranhamente, mas logo voltou, e então ele deslizou o ferrolho e chamou o nome dela e disse o seu. Imaginou, enquanto estava no barbeiro, que a porta poderia estar trancada ou que ela, felizmente, poderia não estar lá dentro ou que ele poderia ter que carregá-la por parte do caminho e se perguntou como faria isso, se o fizesse, ou o que faria, ou se faria alguma coisa, ou mesmo se iria até ali – mas tudo estava exatamente como ele temia, embora a garota, dessa vez, aceitasse seu casaco e parecesse apoiar-se nele com alívio enquanto ele a conduzia para fora.

– Você volta comigo para casa desta vez, Sarah.

Foi fácil ajudá-la a seguir pelo caminho da frente e descer a colina, passando pelas casas elegantes e seguindo em direção à ponte. Ao atravessar o rio, seus olhos novamente pousaram na água fluindo sombria feito cerveja preta – e uma parte sua invejou o conhecimento do Barrow sobre seu curso, a facilidade com que a água seguia seu caminho incorrigível, tão livremente, para o mar aberto. O ar estava mais gelado agora que ele estava sem casaco, e ele sentiu sua autopreservação e sua coragem lutando uma contra a outra e pensou, mais uma vez, em levar a menina para a casa do padre – mas sua mente já havia feito isso, encontrando-o lá e concluindo que os padres já sabiam. A sra. Kehoe não dissera isso a ele?

Aquilo é tudo igual.

Enquanto caminhavam, Furlong encontrou pessoas que conhecera e com quem lidara durante a maior parte da vida, a maioria das quais parou de bom grado para falar, até que, olhando para baixo, viram os pés descalços e pretos e perceberam que a garota com ele não era uma de suas filhas. Alguns, então, afastaram-se bastante ou falaram-lhe desajeitadamente ou educadamente, desejando-lhe um feliz Natal, e seguiram seu caminho. Uma mulher idosa passeando com um *terrier* numa guia comprida o confrontou, perguntando quem era a garota, e se ela não era uma daquelas lá da lavanderia. Noutro momento, um garotinho olhou para os pés de Sarah e riu e a chamou de suja antes que seu pai desse um puxão forte em sua mão e dissesse para ele se calar. A srta. Kenny, vestindo roupas velhas que ele nunca tinha visto antes e com hálito de bebida, parou e perguntou o que ele estava fazendo com uma criança na neve sem sapatos, presumindo que Sarah fosse uma de suas filhas, e saiu pisando duro. Nem uma única pessoa que eles encontraram se dirigiu a Sarah ou perguntou para onde ele a estava levando. Sentindo pouca ou nenhuma obrigação de dizer muito ou se explicar, Furlong apaziguou as coisas da melhor maneira que pôde e continuou com a emoção em seu coração combinada ao medo do que ele ainda não conseguia ver, mas sabia que encontraria.

À medida que se aproximavam do centro da cidade e das luzes de Natal, uma parte sua pensou em recuar e pegar o caminho mais longo para casa, mas ele tomou coragem e continuou, seguindo pelo trajeto que normalmente teria feito. Uma mudança, ao que parecia, estava acontecendo na garota, e logo ela teve que parar e vomitar na rua.

– Boa menina – Furlong a encorajou. – Bote tudo para fora. Tire isso de você.

Na praça, ela parou para descansar junto à manjedoura iluminada e ficou numa espécie de transe, olhando lá para dentro. Furlong também olhou – para as vestes brilhantes de José, a Virgem ajoelhada, as ovelhas. Alguém, desde a última vez que ele a vira, tinha colocado os reis magos e o Menino Jesus ali, mas foi o burro que chamou a atenção da menina, e ela estendeu a mão para acariciar sua orelha e tirar a neve dali.

– Ele não é uma graça? – disse ela.

– Não falta muito agora – assegurou Furlong. – Estamos quase chegando em casa.

À medida que avançavam e encontravam mais pessoas que Furlong conhecia e não conhecia, ele se viu perguntando a si mesmo se fazia sentido estarem vivos sem ajudarem uns aos outros. Seria possível seguir em frente pelos anos, décadas, por uma vida inteira, sem ter por uma única vez coragem suficiente para ir contra o que estava lá e ainda se chamar de cristão e se olhar no espelho?

Como ele quase se sentia leve e alto caminhando com aquela garota ao seu lado, e uma alegria fresca, nova e irreconhecível no coração. Seria possível que sua melhor parte estivesse brilhando e vindo à tona? Alguma parte sua, como quer que se chamasse – haveria algum nome para aquilo? – estava perdendo o controle, ele sabia. O fato é que ele pagaria por aquilo, mas nunca em toda a sua vida trivial ele conhecera felicidade semelhante àquela, nem mesmo quando suas filhas foram colocadas em seus braços pela primeira vez e ele ouviu seus gritos saudáveis e obstinados.

Pensou na sra. Wilson, em suas gentilezas diárias, em como ela o corrigira e encorajara, nas pequenas coisas que ela dissera e fizera e se recusara a fazer e dizer e o que ela devia saber, as coisas que, quando somadas, equivaliam a uma vida. Se não fosse por ela, sua mãe poderia muito bem ter acabado naquele lugar. Anos antes, poderia ser sua própria mãe que ele estava salvando – se é que o que estava fazendo podia ser chamado de salvamento. E só Deus sabia o que teria acontecido com ele, onde poderia ter ido parar.

O pior ainda estava por vir, ele sabia. Já podia sentir um mundo de problemas esperando por ele atrás da próxima porta, mas o pior que poderia ter acontecido também já havia passado: a inação, o que poderia ter acontecido – algo com que teria que conviver pelo resto da vida. Qualquer sofrimento que viesse a enfrentar agora estava muito longe do que a garota ao seu lado já havia suportado, e talvez ainda tivesse que aguentar. Subindo a rua em direção à porta de sua casa com a garota descalça e a caixa de sapatos, seu medo superou qualquer outro sentimento, mas em seu coração tolo ele não apenas esperava, mas legitimamente acreditava que dariam um jeito.

Uma nota sobre o texto

Esta é uma obra de ficção e não se baseia, de modo algum, em qualquer indivíduo ou indivíduos. A última lavanderia de Madalena da Irlanda só foi fechada em 1996. Não se sabe quantas meninas e mulheres foram escondidas, encarceradas e forçadas a trabalhar nessas instituições. Dez mil é um número modesto; 30 mil é uma estimativa mais provável. A maioria dos registros das lavanderias de Madalena foram destruídos, perdidos ou ficaram inacessíveis. Raramente se reconheceu ou se expôs, da forma que fosse, o trabalho dessas meninas ou mulheres. Muitas delas perderam seus bebês. Algumas perderam a vida. Outras (ou a maioria) perderam as vidas que poderiam ter tido. Não se sabe quantos milhares de bebês morreram nessas instituições ou foram adotados dos lares de mães e bebês. No início deste ano [2021], o relatório da Mother and Baby Home Commission constatou que 9 mil crianças morreram em apenas dezoito das instituições investigadas. Em 2014, a historiadora Catherine Corless tornou pública sua chocante descoberta de que 796 bebês morreram entre 1925 e 1961 na casa de Tuam, no condado de Galway. Essas instituições eram administradas e financiadas pela Igreja Católica em conjunto com o Estado irlandês. Nenhum pedido de desculpas havia sido emitido pelo governo sobre as lavanderias Magdalen até que Taoiseach Enda Kenny o fez em 2013.

Agradecimentos

Desejo expressar meus agradecimentos às seguintes instituições, por seu apoio: Aosdána – The Arts Council, Wexford County Council, The Authors' Foundation, The Heinrich Böll Association e Trinity College, Dublin.

Agradeço também a Kathryn Baird, Felicity Blunt, Alex Bowler, Tina Callaghan, Mary Clayton, Ian Critchley, Ita Daly, Dra. Noreen Doody, Grainne Doran, Morgan Entrekin, Liam Halpin, Margaret Huntington, Claire e Jim Keegan, Sally Keogh, Loretta Kinsella, Ita Lennon, Niall MacMonagle, Michael McCarthy, Patricia McCarthy, Mary McCay, Helen McGoldrick, Eoin McNamee, James Meaney, Sophia Ní Sheoin, Claire Nozieres, Jacqueline Odin, Stephen Page, Rosie Pierce, Sheila Purdy, Katie Raissian, Josephine Salverda, Claire Simpson, Jennifer Smith, Anna Stein, Dervla Tierney e Sabine Wespieser.

E aos meus alunos, que tanto me ensinaram ao longo dos anos.

Sobre a autora

As histórias de Claire Keegan (County Wicklow – Irlanda, 1968), reconhecida autora de contos, estão traduzidas para mais de 35 idiomas. *Antarctica* (1999) ganhou o Prêmio Rooney de Literatura Irlandesa; *Walk the Blue Fields* (2007) ganhou o Prêmio Edge Hill pela melhor coleção de histórias publicadas nas Ilhas Britânicas; *Foster/Acolher* (2010, Londres/2023, Lisboa) ganhou o Prêmio Davy Byrnes e, em 2020, foi escolhido pelo *The Times* como uma das 50 melhores obras de ficção publicadas no século XXI. *Pequenas coisas como estas* (2021), estreia da autora no Brasil, foi finalista do Booker Prize, tendo também concorrido ao Rathbones Folio Prize. Ganhou o Prêmio de Romance Irlandês do Ano do Grupo Kerry, o Ambassador's Prize e o Prêmio Orwell de Ficção Política. Entrou para a lista dos 100 melhores livros do século XXI do *The New York Times* e foi adaptado para o cinema no longa homônimo, dirigido por Tim Mielants. Keegan também publicou *The forester's daughter* (2019) e *So Late in the Day* (2023).

© Claire Keegan, 2021
© Relicário Edições, 2024

Dados Internacionais de Catalogação na Publicação (CIP) de acordo com ISBD

K564p

Keegan, Claire

Pequenas coisas como estas / Claire Keegan; tradução por Adriana Lisboa. – Belo Horizonte: Relicário, 2024.

128 p. ; 13 x 19 cm.
Título original: *Small Things Like These*
ISBN 978-65-89889-91-5

1. Literatura irlandesa. 2. Romance. I. Lisboa, Adriana. II. Título.

CDD: Ir820
CDU: 821.111(417)

Elaborado pelo bibliotecário Tiago Carneiro – CRB-6/3279

COORDENAÇÃO EDITORIAL Maíra Nassif Passos
EDITOR-ASSISTENTE Thiago Landi
PROJETO GRÁFICO, DIAGRAMAÇÃO & CAPA Ana C. Bahia
ILUSTRAÇÃO DE CAPA Agnieszka Pasierska
PREPARAÇÃO Maria Fernanda Moreira
REVISÃO TÉCNICA Mª Rita Drumond Viana
REVISÃO Thiago Landi

LITERATURE IRELAND
Promoting and Translating Irish Writing

Este livro foi publicado com o apoio do Literature Ireland.
This book was published with the support of Literature Ireland.

/re.li.cá.rio/

Rua Machado, 155, casa 4, Colégio Batista | Belo Horizonte, MG, 31110-080
contato@relicarioedicoes.com | www.relicarioedicoes.com
relicarioedicoes   relicario.edicoes

2ª reimpressão [2025]
1ª edição [2024]

Esta obra foi composta em FreightText Pro e
FreightSans Pro e impressa sobre papel
Pólen Bold 90g/m² para a Relicário Edições.